suhrkamp taschenbuch 2203

»Kann man die Gedanken eines Krokodils lesen, wenn man ihm lange genug in die Augen schaut? Meine Antwort: Ja. Soviel zu der Ausdauer, die man benötigt, um herauszufinden, was an der Region zwischen Belfort, Épinal und Vesoul schön sein soll.«

Wohin auch immer es den quirligen Schauspieler und Erzähler Praetorius verschlägt, immer findet er Haare in den Suppen. Ob ihm im Züricher Hauptbahnhof auffallend blasse Schweizer in Kampfanzügen begegnen, ob er auf den Malediven von einem Tauchlehrer, den er noch nie gesehen hat, geduzt wird, ob er im Frankenland einen zu groß geratenen Kloß zu sich nimmt (»Das, womit andere Völker werfen, wird hier gegessen«) oder zur Hauptstadtfrage schlicht festzuhalten genötigt ist: »Bonn muß Kanzler bleiben« – nirgendwo auf Gottes weitem Erdboden ist der Menschenfeind wirklich zufrieden, immer bleibt er sich selbst und anderen fremd.

Friedrich-Karl Praetorius, geboren 1952 in Hamburg, hat als Schauspieler an vielen bekannten Theatern gespielt. Als Schriftsteller tritt er 1993 erstmals mit »Liebe Carmen«, einer Sammlung von Liebesbriefen an eine ferne Frau, sowie mit dem »Reisebuch für den Menschenfeind« in Erscheinung. Friedrich-Karl Praetorius lebt in Frankfurt am Main.

Friedrich-Karl Praetorius
Reisebuch
für den Menschenfeind

Die Freuden
der Misanthropie

Suhrkamp

Umschlagillustration
Hans-Jörg Brehm

suhrkamp taschenbuch 2203
Erste Auflage 1993

Satz: Uhl + Massopust, Aalen
Druck: Ebner Ulm
Printed in Germany
Umschlag nach Entwürfen von
Willy Fleckhaus und Rolf Staudt

1 2 3 4 5 6 – 98 97 96 95 94 93

Reisebuch
für den Menschenfeind

Neandertal

Der Mensch wird schöner

Es begann alles damit, daß meine Frau mich mit der Behauptung überraschte, die Menschen würden immer schöner werden. Woher sie diese Zuversicht nähme, wollte ich wissen. Sie deutete auf unser einjähriges Töchterchen und verlautbarte, hier wären schon mal die besseren Teile meiner Gesamterscheinung unter Weglassung der weniger schönen selektiv auf den Punkt gebracht, sozusagen als verbesserte Neuauflage von mir.

Dem konnte ich nur zustimmen: *Mein* unschuldiges Lachen, nur reiner, *meine* Tolpatschigkeit, nur süßer, *mein* koketter Gesichtsausdruck, nur weniger affektiert. Sollte das von mir gezeugte Geschöpf mit meinen besseren Eigenschaften davonrennen? Dem war leicht abzuhelfen. Zwei, drei Ohrfeigen zur rechten Zeit, und die evolutionären Schwachstellen traten deutlich hervor: *Mein* Haß, *mein* Grimm, *mein* Frust! Nun war mir das Kind wieder näher. Auch meine Anläufe zum Schönerwerden hatte man ja rechtzeitig gestoppt. Ein Schlag auf den Hinterkopf, ein langgezogenes Ohr, und die Physiognomie formt sich auf alte Weise.

Dennoch. Meine Frau hatte durch ihre Behauptung die Kernfrage nach langfristiger Hoffnung berührt. Ob kurz oder lang – gibt es in der Natur eine Entwicklung zum Schönen hin? Ist der Mensch im Prinzip schöner als der Hund? Und wer sagt uns, daß wir nach dem ästhetischen Empfinden einer Ringelnatter nicht extrem häßlich sind, und, wenn ja, ist unser Urteil dann kompetenter? Auf alle diese Fragen hatte meine Frau keine Antwort.

Statt dessen fuhr sie mit mir nach Düsseldorf. Nicht, daß sich in dieser Stadt ganz besonders schöne Menschen aufhalten, aber in ihrer Nähe befindet sich der Naturpark Neandertal und vor dessen Eingang die Nachbildung eines seiner einstigen Bewohner. Dieser Herr aus Neandertal trägt entgegen damaliger Gepflogenheiten einen schlechtsitzenden Anzug, unter den Arm hat er ein Exemplar der »Frankfurter Allgemeinen« geklemmt, obwohl jedermann weiß, daß dieses Blatt, auch wenn es sich noch so konservativ gibt, vor etlichen tausend Jahren noch gar nicht erschienen ist. Die Absicht ist klar: Der genetisch antiquierte Mann soll der Lächerlichkeit preisgegeben werden. In der Verhöhnung seines Unvermögens, einen gutsitzenden Anzug zu tragen oder gar mit flacher Stirn die »Allgemeine« zu verstehen, finden wir zu dem Hochgefühl, einer entwicklungsfähigen Spezies anzugehören.

Der Mann, so erfährt man, war einfach zu dumm zum Lesen und, gemessen am harmonischen Schnitt seines Anzugs, ein Kretin. Es geht also doch aufwärts, oder, um mit meiner Frau zu sprechen, die Menschen werden immer schöner!

Nun würde allerdings niemand auf die Idee kommen, einem Schmetterling einen Pullover überzuziehen, obwohl er doch in der Entwicklung der Arten einen der untersten Plätze belegt. Daß er schon gleich zu Beginn der Schöpfung so schön ausfiel, konnte nur ein dummer Zufall sein, kommt das Schöne doch zuletzt. Wie häßlich aber mußte ich dann sein, wenn nach mir noch so viele andere kämen!

Ich sah mich veranlaßt, dem Mann aus Neandertal beizuspringen. Erstens hätte er von sich aus den Anzug sicher nie angenommen und die Zeitung zu etwas anderem benutzt, und zweitens gibt es unter uns Heutigen solche, denen –

milde ausgedrückt – ein Anzug noch weniger steht. Hätte man dem Mann also vor einigen tausend Jahren gesagt, daß er später mal schöner würde, hätte ihn das über seine Unzulänglichkeit bestimmt hinweggetröstet. Nach neuesten Erkenntnissen ist der Mann allerdings nichts als ein »Irrläufer« und kann sich stammesgeschichtlich gar nicht auf uns berufen. Er gehört nicht zur Gattung der »Schönerwerdenden«. Denn das Wort »Irrläufer« besagt, daß alles, was nicht zur Bildung des heutigen Menschen beigetragen hat, irrt, und dieser – so weit, so gut! Wollen wir selbst nicht als Irrläufer dastehen, so dürfen wir in den kommenden Jahrtausenden noch mit einigen Verfeinerungen und genetischen Liftungen rechnen.

Bislang sind wir halt nur ein popeliges Zwischenglied auf dem Weg zu dem ganz tollen Hecht, von dem man dereinst sagen wird: Schöner geht's nimmer!

Kreta

Kurze Hosen

Schon seit neun Uhr saß der glatzköpfige Engländer in der Hotelanlage »Kostas Kastanakis« in unveränderterHaltung vor dem Swimmingpool und starrte auf den übergroßen Plastikdelphin seiner Tochter, der auf der Wasseroberfläche trieb, als könnte er in ihm eine Wesensgleichheit mit sich selbst entdecken. Sein Bauch, ihm deutlich vorgelagert, in den sich der Inhalt dreier zu seinen Füßen stehender Bierflaschen ergossen hatte, schien ihm dabei als gedankliches Sprungbrett zu dienen. Oberhalb seines Bauches fielen, wenn man den Blick ein wenig hob, die Ausläufer des Idagebirges in sanften Wogen auf das Meer zu. Welcher Erhebung man auf Kreta zu Fuß oder mit den Augen auch folgt, alle Wege finden im Meer ihren versöhnlichen Ausgleich.

Engländer werden angeschwemmt und wieder weggespült wie vor ihnen Minoer und Dorer und Römer, das alles kratzt Kreta nicht, und wenn, dann krümmt es sich kurz, wie 1450 vor Christus, als die minoischen Paläste an einem Tag in sich zusammenfielen. Der Individualreisende (den es nicht mehr gibt, weil die Gemeinschaft der Individualreisenden als soziale Gruppierung derjenigen der Pauschaltouristen in nichts nachsteht) ersehnt sich spätestens dann ein Erdbeben, wenn er einen Landsmann unter seinem Fenster den Schlager »Du bist nicht allein« singen hört und schlagartig die fürchterliche Wahrheit dieses Satzes begreift.

Ob nun die Berliner Alternativlehrer unter der Last ihrer alten Ideale über die Insel schleichen und ihre Kinder bei ihren biblischen Namen rufen oder die Stimmungskanonen aus Düsseldorf (»Die denken, wir reisen ab, aber wir kommen wieder!«) in das Stimmungsloch nachpreschen, das die frustrierten Aussteiger in Plakias oder Matala hinterließen: In der klebrigen Masse touristischen Allgemeinguts, wie es auch immer aussieht, verfangen sich die Sinne des Neuankömmlings, bevor ihm der erste Blick auf Kreta gelingt.

Der erste Blick

Mochlos. Außer dem abgehobenen Gesang des orthodoxen Priesters schwappt nur die sanfte Brandung gegen mein Bewußtsein an diesem Frühsommermorgen. Eine handvoll Häuser gruppiert sich wie lauschend um die Bucht. Es ist, als surre das Tremolo des Priesters gefährlich knapp über die geduckten Häupter der Gläubigen hinweg, um mit dem Gift seiner Herrlichkeit die Widerspenstigen zu zähmen. Dann bricht die Stimme ab. Wer behauptet, es läge jetzt Stille über dem Dorf, der kennt das dröhnende Rot der Geranien nicht, die den Pfad zur Basilika säumen, der hat den Widerhall von Weiß in den Blütenkelchen von Schwertlilien nie vernommen.

Die Pfingstmesse ist beendet. Übergangslos setzt der alte Lebenslärm ein: Kinder werden wieder geohrfeigt, die Alten ziehen mitgebrachte Stühle hinter sich her, mit sandwichgroßen Oblaten verlassen die Gläubigen mampfend und palavernd das Gotteshaus; hier scheint der Leib Christi noch zu schmecken. Der Priester zündet sich erst einmal eine Zigarette an. Ich habe die Bräuche der Orthodoxen schon immer für die sinnlichsten gehalten.

Viele Neubaubasiliken auf Kreta verharren in Rohbeton – man nimmt es ihnen nicht übel, weil sie Gebrauchskirchen sind, durch die ein großer Teil des täglichen Lebens zieht. Auch viele Wohnhäuser finden ihre Vollendung bereits im

Rohbau. Man sieht es an der Bougainvillea, die langjährig an den Pfeilern emporrangt, an der Wäsche, die zwischen ihnen schwankt, und den Tonkrügen, die sie krönen. Inmitten von offenen Rohbauten etablieren sich hübsche Cafés – die neue Gemütlichkeit, eine Ästhetik der Unfertigkeit. Warum sollte das, was die Antike so anziehend macht, nicht auch für die Neubauten gelten? Umgeben von Stahldraht ist man besonders innig mit seinem Moussaka vereint. Der nächste Orangenhain ist in Sprungweite. Man kann direkt durch die Wand und findet im Meer wieder jenen versöhnlichen Ausgleich, von dem bereits die Rede war.

Der zweite Blick

Sie stand im Meer. Sie hatte wunderschöne, ans Matriarchalische gemahnende Brüste, und wenn ihr vom vielen Kinderkriegen leicht abgewohnter Körper unter der Wasseroberfläche blieb, konnte sie, obgleich Neugriechin, als klassische Schönheit gelten. Ihre jüngere Schwester hatte auf ihren nackten Rücken zwei Schleifen drapiert, als gälte es, sie wie ein Geschenk zu öffnen. Ihr Vater, mit Harpune und Schwimmflossen bewaffnet, stand wie Poseidon im Aufbruch etwas näher zum Ufer, aber rauchend, unschlüssig, ob die große Geste genügte oder ob er die Wichtigkeit seiner Person noch durch lautes Rufen unterstreichen sollte. Kinder aller Altersstufen bezeugten seine Potenz. Ein Freund der Familie, dem das Schauspiel, wie mir, nicht entgangen war, betätigte freudig die Hupe seines Datsuns. In diesem Moment – mag sein, daß ich es meinem Hang zum Trivialen verdankte – entstand minoischer Alltag vor meinen Augen, und ich beschloß, Knossos einen Besuch abzustatten.

Interessiert man sich für das Brauchtum der Deutschen

oder den Charme der Skandinavier oder gar für Engländer in kurzen Hosen, dann sollte man unbedingt nach Knossos fahren. Es gibt dort »die älteste Toilette der Welt« (ich kenne welche, die älter aussehen), das Megaron der Königin, und in irgendeiner Ecke soll Zeus sich übergeben haben (und den Zyklopen das Leben geschenkt haben) – was er, denke ich, noch heute tut. Ansonsten glänzt Knossos mit einer Abwesenheit von Altertum, daß es den Anschein hat, der Sieg des neuen über das alte Europa würde hier bevorzugt festgetreten. Dabei verblüfft die Antike bekanntlich dort am meisten, wo sie sich nahtlos mit der Gegenwart verknüpft.

Den Unterschied zwischen einem 4000 Jahre alten Milchtöpfchen aus dem Spätneolithikum und dem eines kretischen Dorftöpfers von heute gibt es im Prinzip nicht. Die schönen Dinge des Lebens waren schon immer schön. Die Zeit ist ein viel zu kleines Raster, um Unterschiede im Bereich des Schönen und Wahren zu kennzeichnen. Die Amerikanerin, die vor einer schmucklosen Tonvase aus der frühminoischen Palastzeit steht und »how lovely!« kreischt, würde sich den gleichen Gegenstand nie in ihr Wohnzimmer stellen. Das, was sie als alt empfindet, ist nur die ungeheure Entfernung, die sie von diesem Gegenstand trennt.

Die kurzhosigen Touristen vergessen immer, daß sie ja ihrerseits auch Kultur repräsentieren und sich an der Raffinesse der von ihnen betrachteten Dinge messen lassen müssen. Und so beschäftigt den kritischen Knossosbesucher die leicht bedrückende Frage, ob Zeit denn überhaupt etwas ist, was Entwicklungen hervorruft. Er kann danach wieder aufs Meer sehen und jenen Ausgleich empfinden, der Unebenheiten auch im Denken nivelliert. Nach Phaistos und Malia hat er vielleicht das Glück, sich in Gortys zu verirren.

In Gortys sind Kulturreste und Natur eine wohltuende

Freundschaft eingegangen. Man kann dort sehen, wie »Gras über die Sache« wächst und mit welcher Hartnäckigkeit sich dennoch Kulturgüter im Sein festbeißen. Eine im Plan von Gortys aufgeführte Sehenswürdigkeit ist etwa genauso schwer ausfindig zu machen wie eine Jil Sander-Boutique in Hamburg-Wandsbek. Aber in dem Maße, in dem Gortys einem die Anstrengung abverlangt, es zu erlaufen, nimmt es die Züge einer wirklichen Stadt an... Erst hört man Stimmen, dann Holzräder, die über Pflastersteine holpern, und weil hier kein Mensch ist, kann Geschichte lebendig werden.

In Gortys denkt man (und tut damit den Archäologen sicher unrecht), die Ruinen seien nicht ausgegraben worden, sondern einfach nur unbeachtet geblieben (und das sind sie nach der Ausgrabung auch). Indem sie (wieder) verkommen dürfen, gesteht man ihnen das ihnen immanente Recht auf Verfall zu. Geschichte will immer vergehen, das ist ihr Wesen – hindert man sie daran, hört sie auf zu existieren. Die im Westen bevorzugten Qualitätsmerkmale von Neuheit und Unvergänglichkeit sind die Früchte horrender Todesangst und damit geschichtsfeindlich.

Auch die Schwankungen im Interesse der Archäologen, die in Gortys spürbar sind, drücken Geschichtsbewegungen aus, was dem Fundort zugutekommt. Diese angenehme Nachlässigkeit wirkt wie eine Reverenz an die Übermacht und – letztlich – Unausgrabbarkeit von Vergangenheit. Wem die Vergangenheit nicht gegenwärtig ist, der kommt ihr auch nicht mit Ausgrabungen bei.

Letzter Blick

Nach Knossos und seinen kurzhosigen Neueuropäern tat der Besuch im meinem Hotel benachbarten »Zirkus Roma«

gut, dessen Spezialität die Dressur von Schimpansen war. Obwohl der Schimpanse eine wirkliche Antiquität ist, weil er eine ururalte Vorstufe des Menschen darstellt, hat seine Mimik etwas aufregend Aktuelles. Die Affen ließen sich durch die Luft wirbeln und mußten dabei ihre Hosen verlieren, um anschließend »Schämen« zu spielen.

Das Hippodrom wartete mit brandneuer Antike auf. Wieder einmal waren es die Römer, die den Griechen herablassend ihre Kunststückchen präsentierten. Ein regionaler Zauberkünstler, der auf griechisch konferieren durfte, stellte immer wieder einen debilen Knaben namens Claudio di Franco vor, offenbar einen Sprößling der Zirkusdynastie, welcher sich erst unbeholfen an einer Stange emporzog und später ein Pferd zum Tanzen brachte. Nero selbst hätte sich nicht besser verkaufen können.

Ein müder Germane, Klaus Seelinger, führte seinen alten Schäferhund vor, was die Allgemeinheit zum Lachen reizte. Kein Zweifel, das galt den rückständigen Stämmen nördlich der Alpen. Und beim anschließenden Seiltanz der übergewichtigen Tamara aus der slawischen Provinz war man in erster Linie um das Seil besorgt. Wie auch immer: Die Antike lebte. Und an diesem Abend ging ich mit pochendem Herzen ins Bett, glücklich, echten Römern in einem wirklichen Griechenland begegnet zu sein.

Zürich Hauptbahnhof

Schweiz kompakt

Etwas irritierte mich an dem Verbot. Nicht das Verbot selbst, denn in der calvinistischen Schweiz ist ja so gut wie alles verboten, was Freude macht, nach 24 Uhr sogar das ganze Leben. Nein, der kleingedruckte Nachsatz störte mich, der sich so streng deutsch gab und doch so abgrundtief schweizerisch war: Zuwiderhandelnde werden *verzeigt*! Verzeihung, wieso verzeigt?

Oh, diese Schweizer! Wollen sie uns ärgern? Uns Fallen stellen, damit uns das Hochdeutsch nicht frei herausfällt, sondern aufstößt wie nach einem Käsefondue?

Zürich Hauptbahnhof. »Wie spät ist es?« »S'isch jätz dänn bald halbi elfi.« Verabredet sich hier heimlich ein ganzes Volk, den ankommenden Deutschen auf diese Weise Auskunft zu verweigern? Oder ist es der Ehrgeiz der Bergsteiger, die Sprache von hinten zu besteigen, die schwierige Nordwand sozusagen, die von vorne doch so leicht zu nehmen wäre?

Der Hang des Schweizerdeutschen, die Sätze Wort für Wort zu erklimmen wie Steilwände, jedes Wort dabei doppelt sichernd, erteilt uns Deutschen eine Lektion wahrer Gründlichkeit. Daß jemand *mit seiner Frau verheiratet ist und ein anderer sich eine Verletzung zuzog, die so tödlich war, daß sie ihm das Leben kostete,* entnahm ich heute dem *Tagblatt der Stadt Zürich*. Zu einer lautmalerischen dreifachen Wortpaarung, die fast ins Jodeln mündet, ließ sich der *Blick* hinreißen: *Mutige Mutti (Ornella) Muti gab Blasenoperation zu.* Dreifach auch das Martyrium, das laut *St. Galler Codex* die Thebäer Felix und Regula um 300 in

Zürich erlitten, nämlich durch Sieden, Rädern und Enthaupten. Und erfreulich der Sinn für Ordnung, den beide noch nach ihrer Tötung unter dem Einfluß Schweizer Gründlichkeit bewiesen, indem *die Enthaupteten ihre Köpfe selbst aufnahmen und zur Grabstätte trugen*. Erfreulich auch, daß der Schweizer, den ich nach dem Weg zur Limmat fragte, mir nach minutenlanger Erklärung verschwieg, daß ich dazu einen Fuß vor den anderen setzen müßte.

In der Vierteljahreszeitschrift *Turicum* erfahre ich Aufschlußreiches über die Arbeit am *Schweizerdeutschen Wörterbuch*, dessen erster Band im Jahr 1881 in Zürich erschien. Über 100 Jahre danach ist man beim Buchstaben »W« angelangt. Sie ist also noch nicht ganz fertig, die Schweizer Sprache. Doch Hut ab vor dem Sprachpatriotismus, denn leicht spricht sich's ja wirklich nicht. Auch ist die Einführung der Sprache in alle Bereiche des Lebens noch immer nicht gelungen. Was haben die *Nachrichten* zum Beispiel an sich, daß sie nur in Hochdeutsch kommen, das *Wetter* dagegen schon in Schwyzerdütsch? Was bewegt den Besucher des Züricher Schauspiels, sich Theaterstücke in der so ungeliebten Fremdsprache zu Gemüte zu führen? Ist die eigene etwa nicht geeignet?

Zürich Hauptbahnhof. Blasse Schweizer Knaben in Kampfanzügen, das Gewehr geschultert, werden von ihren fürsorglichen Müttern zur Bahn gebracht. Wozu diese Bewaffnung? Der Schweizerdeutsche mit seiner krachenden, stechenden, zischenden Aussprache ist doch schon bis an die Zähne bewaffnet. Nach Ingangsetzung eines vielfältigen Räderwerks, gründlich bis in die Schweizer Uhr, schiebt sich das phonetische Geschütz knatternd über die Lippen des Schweizers, während der so attackierte Fremde – vielleicht in frei flatterndem Hochdeutsch – entsetzt das Weite sucht.

Zürich Hauptbahnhof also. Von dort fahren Züge direkt in die Stille der Berge. Ich nehme den Zug nach Ziegelbrücke. Und dort den Postbus hinauf nach Amden, der Züricher Sonnenterrasse. Noch höher, noch stiller liegt Arvenbühl. Noch einmal streift mein Blick *die* Schlagzeile des Tages: *Diebe aßen wertvolle Zuchtfische weg*. Faszinierend dabei das Wörtchen *weg*, das auch hier zur Sicherung des Satzes dient, der sonst vor Schwäche vom Blatt rutschen würde.

Ich möchte mich dem typisch Schweizerischen entziehen – die Schweiz ist schließlich auch ein Teil dessen, was wir als Welt bezeichnen. Ich denke an die beiden interrailenden Amerikanerinnen aus Phoenix und Amarillo zurück, die am Ende ihres Siebentageeuropatrips das Typische der Schweiz hochdosiert in sich aufnehmen wollten, indem sie nach einem kombinierten Menü aus Käsefondue, Schweizer Schokolade, zwei Taschenmessern und einer Uhr verlangten. »Can you tell us«, fragten sie mich, »ob die Fleischstücke sich bereits in einem Fonduetopf befinden oder danach in den Käse gehalten werden?«

Das, was einem ein Land im ungünstigsten Fall offenbart, ist die Fleischwerdung der Klischeevorstellung, die man von ihm hatte – und nichts sonst.

Arvenbühl. Sind die Berge wirklich frei von der Schweiz? Sind sie überhaupt wirklich? Hat hier nicht jemand etwas ins Überdimensionale vergrößert, was eigentlich klein und konzentriert auf eine Postkarte gehört? Lese ich auf den Kühen dort hinten nicht den geschwungenen Schriftzug *Milka*? Ließ der Tiroler Reinhold Messner, den ich jahrelang für einen Schweizer hielt, sich von den Bergen Schmerz zufügen, damit sie ihre verpostkartete Lieblichkeit verlieren? Und irrte er unterdessen zum Südpol, weil er feststellen mußte, daß auch im Himalaya nur Schweizer Berge stehen?

Nur dort, wo der Berg uns atemlos macht oder eine Lawine beschert, schmilzt das Klischee wie Alpenschokolade. Wird man gerettet und blickt in das treuherzige Gesicht eines Berner Sennenhundes, ist alles wieder beim alten. Auch das Herrchen kann nicht weit sein, und man weiß, gleich wird es »Grüetzi« heißen.

Nein, ein *Grüetzi* will mir nicht über die Lippen. Es liegt mir zu nahe bei Grütze oder Kotze, jedenfalls etwas Durchgerührtem, das sich wie ein wabbernder Brei um den so Begrüetzten legt. Die Kniekehlen werden weich, Schwindel ergreift den Wanderer, der sich nur mit einem schneidigen »Guten Tag« auf den Beinen hält.

So eine einem entgegenkommende Schweizer Familie unbeschadet zu überstehen, die ihn vereint in ein lauwarmes *Grüetzi* hüllt, an das noch, obwohl er ganz offensichtlich allein ist, ein *Miteinand* gehängt wird, ist die eigentliche Anstrengung für den Bergwanderer. Dem also, den keine Lawine überrollt, der Fußschmerz für Fußschmerz sich des Klischees entledigt, der dann von weitem einen vermeintlichen Schweizer erblickt, den todbringenden Gruß auf den Lippen, sei hier empfohlen, dessen Absicht schon frühzeitig mit einem zackigen *Guten Tag* zu durchkreuzen.

Entspinnt sich ein Austausch von Freundlichkeiten, muß man gefaßt sein, daß er von Schweizer Seite mit einem *Auf Wiederluege* beendet wird, das sich der Deutsche nur mit »Aufwiederlügen« zu übersetzen vermag. Aber, so gestand mir eine Schweizerin, die es wissen muß, bei ernsteren Liebesbeteuerungen legt auch der Schweizer sein »Dütsch« schamvoll zur Seite, der seriöse Teil wird auf hochdeutsch vollzogen. Gestöhnt und geturtelt würde dann wieder auf schwyzerdütsch. Und das nicht nur von Personen, die einen Hang zum Sado-Masochismus haben.

Insel Mainau

Geburtsstunde des Menschenfeinds

Ich weiß es noch: Irgendwann waren wir über das Wasser gekommen, und nun betraten wir das Paradies. Mein Vater führte mich an der Hand und schwieg. Diese Welt brauchte er mir nicht zu erklären. Aber ich erinnere mich noch an seinen Händedruck, an Kieswege und Sonnenblumen; und an die Sonne vor allem, deren Licht sich an gigantischen grünen Blättern brach, um uns nur mild zu treffen. Überhaupt schien mir, als feierte die Sonne in jeder Blume ihre geglückte runde Gestalt, als wären die vielfältigen Blütenformen nur Spielarten des immergleichen Themas ›Sonne‹. Was also der paradiesinteressierte Leser wissen muß: Nicht die einzelne Pflanzensensation dominiert den Garten Eden, und schon gar nicht der Aufmarsch eines Tulpenbataillons.

Was sich dem damals Sechsjährigen – und dieses Alter ist wohl das paradiesempfänglichste – unvergeßlich einprägte, war dieses wilde Blumen- und Blättergelage, diese Improvisation der Natur zum Thema ›Sonne‹, ein unaufhörliches Hervorsprudeln immer neuer Sonnen, in Blüten gepreßt, leuchtend und rund wie sie selbst. Aber auch mein Vater gehörte dazu, der Kiesweg, der tanzende Wechsel von Licht und Schatten und das Geräusch des Wassers, das an die Insel schwappte, die noch heute den Namen Mainau trägt. Seit dieser Zeit ist meine Vorstellung vom Paradies untrennbar mit der Insel Mainau verbunden.

Über dreißig Jahre später: Die Insel Mainau liegt noch immer auf dem Bodensee, nicht weit von der schönen Stadt Konstanz entfernt. Heute erscheint sie mir als Beweis dafür, daß uns das Paradies nicht logischerweise vor der Hölle bewahrt. Auch als Warnung an den lieben Gott vor zu vielen guten Menschen, weil das Paradies nur eine begrenzte Anzahl von ihnen verträgt. Allein schon: Wo parken so viele gute Menschen ihre guten Autos und verstellen die paradiesische Aussicht, denn selbstverständlich sind die Auserwählten motorisiert. Nach Abwandern endloser Autoreihen bezahlt man an der Kasse zehn Mark und folgt dann den endlosen Tulpenreihen. Die Tulpen sind korrekt aufgestellt und entrichten ihren militärischen Gruß. Sie heißen »Churchill« und »Roosevelt«, die liberalen gelben »Walter Scheel« oder »Arie Hoek«. »Ajax« und »Blenda« stehen für blütenweiße Reinheit. Die Bezeichnung »Darwin Hybrid« zeigt an, wer hier überlebt, und wie: »Flamingo Gold«. Fast alle aber sind »Triumph-Tulpen«. Wann, wo, und ob gegen die Franzosen, wird nicht näher erläutert. Die Triumph Tulpe »Jack the Ripper« sucht man vergebens. Ihre knallfarbigen Dauererektionen besänftigen Potenzängste des Besuchers und wecken dafür andere: Wann beginnen die Tulpen mit ihrer Offensive?

Ich erinnere mich an nicht endenwollende Dia-Nachmittage bei meinem Onkel, einem Hauptmann a.D., die seine Urlaube in Holland illustrierten: Tulpenfelder, nichts als Tulpenfelder. Das Hübsche an dieser Blume, belehrte er uns Kinder, sei ihre aufrechte Haltung und daß sie sich so schön in Reih und Glied präsentiere. Vielleicht, denke ich, imitieren bestimmte Blumen, ähnlich wie domestizierte Hunde, als »Hausblumen« tatsächlich die Eigenschaften ihrer Züchter. Man könnte die Tulpen wahllos setzen, und sie würden immer wieder ein sehr ordentliches Bild abgeben.

Geboten wird auf der Insel Mainau eine menschliche Werteschau, vorgetragen von unseren Freunden, den Blumen. Der Ordnungssinn ist hier so ausgeprägt, daß er sogar den Geruchssinn verdrängt. Anstandshalber verzichten die Pflanzen also auf ihren Geruch. Und wer noch Zweifel hat, wie eine Blume auszusehen hat, dem führt die Damenriege aus dem Oldesloer Reisebus die Musterblumen auf ihren Kleidern vor. Warum sollte man sich in der Natur auch besser fühlen als in der Enge eines deutschen Wohnzimmers? Es wäre doch gelacht, wenn uns hier nicht dieselben Depressionen wie zu Hause befielen! Wir kriegen Mutter Natur schon klein!

Die Pflanzen sind »angelegt«, ähnlich denen, die sie betrachten. So stehen sich Gruppen und Arten gegenüber, Klassifizierte bestaunen Klassifizierte: Japaner Begonien, Rentner Rosen, Schulklassen Palmen. Wir blicken über den Zaun der eigenen Art auf das Ghetto der anderen. Hier, auf der Insel Mainau, wird in der beabsichtigten Zusammenführung die Trennung zwischen Mensch und Natur erst richtig transparent.

Ach ja: Wer blickt schon gern in den gefräßigen Schlund eines aufgerissenen Blütenkelchs? All diese zitternden Nippel und Stempel, diese intimen Details der geschwollenen Blüte, dieser Wahnsinn der willkürlichen Form. So eine wird dann zur Not zur »Triumph Tulpe Professor Einstein« erklärt. Oder bei unverfroren zur Schau gestellter Geschlechtlichkeit – ich spreche von der Orchidee – in einem besonderen Etablissement präsentiert, im Rahmen einer – jugendfreien – »Orchideenschau«. Hier wird der Besucher erst tropisch heiß gemacht und blickt dann staunend auf die Lippen eines Ausstellungsstücks namens »Gräfin Sonja«, während die Bodyguards darauf achten, daß so manches herausgefahrene Nikon-Objektiv nicht vorwitzig Kontakt aufnimmt. Jetzt nämlich wird es auf der Insel Mainau erst richtig sinnlich. Eine Pensionistin aus der Oldesloer Damenriege benennt den Gummibaum in Kondombaum um. Wer sich diskret stimulieren möchte, führt sich botanischen Sex über Video zu: Da pulsiert das Innerste der Hybriden »Prinzessin Diana« und »Prinzessin Caroline« in Nahaufnahmen vor dem Auge des fast schon verrückten Betrachters.

Wer jetzt noch nicht befriedigt ist, findet kurz vor dem vergitterten Ausgang unserer Blumenmetropole im Bodensee einen Wurststand vor. Die übelriechende Curry-Wurst, »salchicha curriensis«, bildet den krönenden Abschluß der Blumenschau, und der erschöpfte Homo sapiens hockt – botanisch erledigt – auf einem Mauervorsprung und leckt sich – ganz animalisch – den Senf von den Fingern. Die Curry-Wurst ist zwar ein trauriges Erzeugnis und absolut nicht pflanzlich – dafür aber sehr, sehr menschlich.

Malediven

Von der Insel zum Einzeltisch

»Lieber Helmut«, begann ich meinen einzigen Postkartengruß von den Malediven, »warum schicke ich Dir eine Postkarte mit der Ansicht des Steigenberger Hotels Bad Orb und nicht mit der einer maledivischen Insel? Erstens: Die maledivische Insel kennt man, das Steigenberger Hotel Bad Orb nicht. Und zweitens: Den ersten Tag einer Malediven-reise wird der Charterbucher tatsächlich von Condor liebevoll in das vom Frankfurter Flughafen anderthalb Stunden entfernte Bad Orb geführt, weil das Flugzeug, das ihn auf die Malediven bringen soll, zwölf Stunden Verspätung hat und die Hotels um den Flughafen herum alle voll sind.«

Als ich mich, befreit von meiner verheerenden Flugangst, im Bussitz entspannte, dachte ich: Wie nett von einer Fluggesellschaft, für Reisegäste mit großer Flugangst einen Bus bereitzustellen. Wenn ich also von meinem einwöchigen Kurzurlaub auf den Malediven berichten soll, muß ich mit Bad Orb beginnen. »Wer ist der Herr mit dem Einzelzimmer?« Ich hob den Arm. Die Gruppe drehte sich nach mir um. Nun war es wieder einmal heraus, der Alleinreisende ertappt, der, mit dem man wohl nicht gern reist, ein Schwieriger. Die Kellnerin bediente sich dann auch einer gesonderten Ausdrucksweise. Während sie andere fragte: »Darf ich Ihnen das Dessert bringen?«, sagte sie zu mir, der ich allein saß: »Das Zitronensorbet kommt gleich auf Sie zu«, so, als wollte sie mich warnen, als käme es gleich tatsächlich, gefährlich gelb, durch die Tür.

Punkt sechs Uhr morgens hob die Condor ab. »Wat denn! Noch nie uff de Males jewesen?« Für den untersetzten Berliner Rentner neben mir, der aussah, als wäre er schon als Rentner zur Welt gekommen und hätte seitdem einen Stammplatz in der Condor nach Male, waren die »Males« nur ein entlegener Bezirk von Berlin und die Einheimischen dort eine Sonderform von noch nicht ganz fertigen Berlinern, die ihm aus der Hand fressen. Die einschläfernde Vertrautheit, die seine ständig abwinkenden Gesten ausdrücken sollten, bestärkten mich in der Befürchtung, daß mich am Zielort genau das erwartete, was der Prospekt verhieß: Sonne, blauer Himmel, eine Insel mit Palmen und Berlinern, und rundherum ein Meer, das einem den Fluchtweg abschneidet.

In der Form einer Insel findet die Einsamkeit ihren vollendeten Ausdruck: Der Einsame sieht sich aufs anschaulichste mit ihr verwandt, denn ebenso allein wie er auf ihr ist sie im Meer. Indem er das Schicksal mit ihr teilt, fühlt er sich weniger allein. Und in der Entsprechung, die er in der Wirklichkeit vorfindet, erlebt er seine eigene Einsamkeit nicht mehr als etwas nur Eingebildetes. Sie erscheint ihm vielmehr als etwas Erstrebenswertes, das aus der Gleichförmigkeit des Meeres herausragt.

Der singhalesische Reiseleiter, der seine schwarzglänzenden Locken zu einem deutschen Haarschnitt vereinigt hatte, war der lebende Beweis dafür, daß einem gläubigen Hindu auch die Wiedergeburt als Deutscher widerfahren kann. Die touristische Hundertschaft, die unter seinem Kommando das Abendbrot einnahm, den Blick dabei ordnungsgemäß auf den Sonnenuntergang gerichtet und rhythmisch die Bierkrügerl hebend, hätte mitsamt der 50 Meter breiten und vielleicht 300 Meter langen Insel einem vorbeigleitenden Dhoni auch als Besatzung eines deutschen Schlachtschiffs erscheinen können, das unter maledivischer Flagge fuhr. »Nehmen Sie bei den beiden Herren dort Platz!« »Danke, ich würde gerne alleine sitzen.« Ich bekam einen Einzeltisch.

Das ist er, der Inselurlaub. Vorbei ziehen die Winde der Fröhlichkeit, die tuschelnde Zweisamkeit, übertriebene Bekundungen von Wiedersehensfreude, nachdem man sich noch eben an der Bar gesehen hat, gemeinsames An- und Aufstoßen, vor allem: Gemeinsamkeit, Gemeinsamkeit. Aber auch das schwere Brüten zweier zusammengesetzter Paare, die in den seichten Tümpeln zwischen ihnen nach Gesprächsstoff fischen. Das ist der wohl entscheidende Grund, eine Insel aufzusuchen: die physisch erfahrbare Wahrheit des Nicht-einsam-sein-Könnens. Das, was uns an den anderen schon immer auf die Nerven ging, endlich einmal als unausweichlich zu erleben, sich ehrerbietig dem Tatbestand der gegenseitigen Abhängigkeit zu beugen. Die Folge davon: eine Urlaubsbekanntschaft.

Bei so viel Wind bläht sich die Brust des Einsamen wie ein Segel, das sein Schiff zielsicher auf den gebuchten Rückflugtermin zusteuert. Die Leute legen ja ihre Eigenschaften, vor denen man auf eine Insel geflüchtet ist, dort nicht etwa ab. Eher werden sie komprimiert, weil das Gelände knapp ist, in das sie sich verteilen können. Sie werden dem Flüchtling auf eine verurlaubte, freizeitliche Weise nahegebracht. Die Flüchtlingshäscher wiederum wollen die Gewißheit, daß auch auf den entlegensten Atollen die Membranen ihrer Empfindungen nach denselben einstudierten Stimmungen wie zu Hause schwingen. Dem Einsamen steht es dann immer noch frei, ins Wasser zu gehen.

Der Tauchlehrer hatte ein zerknittertes Gesicht, wie eine zusammengedrückte Papiertüte. Kein Wunder, dachte ich, wenn täglich mehrere Tonnen Wasser auf seine Hirnschalen drücken. Da hat man mühsam den aufrechten Gang gelernt, und jetzt diese Flossen! »Du mußt rückwärts gehen, Fritz, sonst machst du die Flossen kaputt.« Das wußte ich aus dem Reiseführer, daß der Tauchlehrer einen mit Vornamen und du anredet. Unter Wasser würde er dann nur noch mit dem Finger auf mich zeigen. Klar, daß es nicht sinnvoll ist, etwa die Anrede von Herr Dr. Müller-Vockenhausen in besondere Handzeichen zu übersetzen.

Schweigend, das Unterwasserereignis vor Augen, schipperte die Tauchgruppe auf das offene Meer hinaus. Nur ein Wiener schnatterte noch. Gleich, unter der Tauchermaske, würde auch ihm das Maul gestopft. Rücklings ließen wir uns ins Wasser fallen. Das ist ja dann auch wieder ein glücklicher Moment, wenn der reduzierte, der gekappte Mensch, der zum Sprechen, zum Verhalten, zum Getue nicht mehr taugliche, als angenehmer Stumpf an einem vorbeitreibt. Auf Wiedersehen, Herr Dr. Müller-Vockenhausen.

Der Wiener ging einfach nicht unter. Wie eine Sachertorte schwebte er in seinem schokoladefarbenen Neoprenanzug kurz unter der Oberfläche. Vielleicht hatte er noch so viel zu sagen...

Achmed, ein Einheimischer, führte unsere Dreiergruppe an. Mit fast unmerklichen Schwimmbewegungen glitt er senkrecht hinab in die Tiefe. Sein Körper hatte das Aussehen einer langen schmalen Gräte, die schon zum hundertsten Mal von verzweifelten Haien abgenagt war. »Der Wiener braucht mehr Blei«, signalisierte uns Achmed und hieß uns warten. Er, der sein Gewicht fast nur mit Hilfe eigener Kräfte austarieren und seinen Körper mit oder ohne Blei in jede gewünschte Lage versetzen konnte, hatte genug Blei bei sich, um den Wiener zu versenken. Erwartungsvoll blickten wir aus zehn Meter Tiefe nach oben. Nougatschwer glitt der Wiener auf uns zu. Und dann an uns vorbei. Nun war er wohl etwas überladen. Hinter dem Glas seiner Tauchermaske bewegten sich wie gewohnt die Lippen. Mein Gott, was würde er später bei einem Trunk an der Riff-Bar alles zu erzählen haben. Achmed schoß an uns vorbei und blies etwas Luft in den Wiener. Jetzt war er austariert. Wir setzten den Abstieg fort.

Von Koralle zu Koralle hangelten wir uns bis in 30 Meter Tiefe. Als ein riesiger Rochen über uns schwebte, zeigten alle mit dem Finger auf ihn. Der Rochen blickte verschämt zur Seite (was kein Problem für einen Rochen ist, weil er die Augen ohnehin an der Seite hat). Wann kommt denn endlich der Hai, dachte ich, und schnappt sich den Wiener? Über Haie wird in Taucherkreisen übrigens nicht gesprochen. Natürlich war meine erste Frage »Gibt es Haie?« gewesen. Aber alle hatten nur seltsam gelächelt.

Achmed streckte nun seine Hand in eine Felsspalte und kraulte die Kinnhaare einer Muräne wie wir zu Hause Kater Schnurr. Das also war die beeindruckende Unterwasserwelt. Ich rief mir in Erinnerung, daß nun das Schwärmen, die Begeisterung hätten einsetzen sollen. Aber außer den Schwärmen der Regenbogenmakrelen gewahrte ich nichts. Es war dieselbe spießige Welt wie oben. All diese Niedlichkeiten, alles nur im größeren Maßstab als im Goldfischteich oder im heimischen Aquarium. Und der reduzierte Mensch neben mir fand in seinen Verhaltensweisen selbst in wasserangepaßter Form allmählich zur alten Kondition zurück. Auch stumpfig schwebend hielt er sich noch eines Erinnerungsfotos für würdig, Unterwasserfrisuren wurden dabei nach »obigem« Muster zurechtgerückt. Demonstrierte Aufgeregtheit verrät die bekannte Plattheit der Gefühle.

Man drängelt sich vor, man zeigt zuerst, man verweilt betont, man schaut sich um und ist sozial. Man ist sentimental: Ein Aufschrei des Entsetzens, als ich, zurück an Bord, dem Meer ein fingergroßes Schneckentier entwenden wollte. »Wirf es zurück, Fritz, wirf es zurück!« Die dicke Grazerin hatte Tränen in den Augen. »Die Umwelt ist so wichtig«, erklärte sie mir abends an der Bar. »Aber ich wollte es meiner Tochter mitbringen«, entgegnete ich, »damit sie auch die Umwelt kennenlernt.« Wenn der Wiener seinen diabetischen Schweiß ins Meer ergießt und damit eine Languste überzuckert, schadet das nicht der Umwelt?

Wo fängt die Umwelt an, dachte ich und blickte auf den Horizont. Wo ist der Rand, die Brüstung, von der aus wir in die Umwelt schauen? Ist es das Meer, in das die zur Sauberkeit gedrillten Einheimischen die Abfälle fegen, um den Strand rein zu halten? Ist es der Strand, der hinter der Bar beginnt? Sind es all die anderen, über die wir beide jetzt reden? Oder bist du vielleicht schon meine Umwelt, dachte ich und betrachtete die Dicke, darüber nachsinnend, wie ich sie entsorgen könnte.

Die Abgrenzung von den anderen, die Erhaltung der eigenen Insel mit dem touristischen Schwippschwapp erfordert einen täglichen Kampf. Am nächsten Tag, beim Frühstück, wurde mir plötzlich bewußt, wo genau die Umwelt begann: anderthalb Meter von meinem Einzeltisch entfernt mit einer mittelgroßen Katastrophe – den anderen. Der Erfolg meiner Reise, das Terrain um meinen Einzeltisch herum, war jeden Tag um ein paar Zentimeter gewachsen. Einige Monate noch, und mein auf Distanz dringender Blick hätte die mich umgrenzenden Tische und Stühle ins Meer verdrängt. Ich hätte die Insel dem Meer übergeben, das sie ohnehin eines Tages wieder bedecken wird.

Nächster Morgen, neun Uhr, letzter Tauchgang vor der Abreise. Eine kleine Gruppe noch schlafender Taucher blickt über den Bootsrand aufs Meer. Was will ich da unten? Natürlich der Sache auf den Grund gehen. Warum bleibe ich nicht lieber oben und dehne das Frühstück aus? Weil das Frühstück furchtbar war. Mein Tauchlehrer hatte sich zu mir gesetzt. Der Reflex, den seine Erscheinung unter Wasser auslöst, ist, im Interesse der eigenen Sicherheit, bedingungslose Gefolgschaft. Jeder Vorgabe des Tauchlehrers wird blindlings gefolgt. Unglücklicherweise stellte sich dieses Verhalten bei mir auch während des Frühstücks ein. Als hätte ich noch nie in eigener Verantwortung gefrühstückt, biß ich erst nach ihm in den Toast. Griff er zur Marmelade, tat ich es ihm gleich. Nach kurzer Zeit schien mir, als würde er das Frühstück kommandoartig anführen und gleichzeitig bestimmen, über welche Sache geredet werden sollte. Frühstücke nie mit einem Tauchlehrer, dachte ich, während ich ihm ins Wasser folgte.

Der Wasserdruck kam meiner Schläfrigkeit sanft entgegen, wie ein großes Bett, in das ich hineinfiel. Mich überkam ein angenehmes Desinteresse, als wäre ich eben nicht in ein anderes Element übergewechselt, sondern in ein vertrautes zurückgekehrt. All die Korallenschluchten und Felsvorsprünge, die von nicht weniger gleichmütigen Fischschwärmen passiert wurden, erschienen mir um keinen Deut interessanter als ein geteerter Fahrweg, den ich überquerte, oder eine Häuserecke, um die ich bog: allenfalls ein Hinweis zur Orientierungshilfe. Und gerade das war die Sensation! Befreit vom Zwang zur Neugier, nahm ich zum ersten Mal die Unterwasserwelt zur Kenntnis. Keine inneren »Ahs« und »Ohs«, nicht die Lärmwellen des Staunens, die mich von den Objekten der Betrachtung wegrissen. Eher führte dieses seinsfreundliche Desinteresse zu ihnen hin, wie wenn man bei Freunden ein- und ausgeht.

Mein letzter Abend war angebrochen. Ich hatte zum dritten Mal Bananenkuchen bestellt, weil er die einzige Mahlzeit ist, die auf der Insel wirklich warm serviert wird. Ich stand am Tresen der Riff-Bar, dicht zwischen zwei Artgenossen plaziert, und folgte mit den Augen den Bewegungen der Eiswürfel, die ganz langsam in die Unterwasserwelt meines Gin Tonics abtauchten. Ich war soeben Besitzer des deutschen Tauchsportabzeichens geworden. Und als hätte mein Kommunikationsbedürfnis nur auf den Schein gewartet, fühlte ich mich berechtigt, jetzt auch oberhalb des Wassers einzutauchen, ein Bad in der Menge zu nehmen, mich an meinen Artgenossen zu reiben. Mein Interesse an Umwelt war noch nie so groß.

Natürlich zeigte ich es nicht. Ich hätte sagen mögen: »Guck mal der! Guck mal die!« Ich blinzelte aber nur aus den Augenwinkeln und dachte an das, was ich über Diane Fosseys Methode, sich den Berggorillas zu nähern, gelesen hatte: sich klein machen, ein bißchen grunzen, rülpsen und den anderen nicht in die Augen schauen. Das tat ich auch. Ich war erschöpft und ein bißchen stolz, wie am Ende einer erfolgreichen Forschungsmission. Auf ein vorsichtiges »Wie geht's?« bekam ich sogar eine verständliche Antwort.

Ich hatte es geschafft, mit einem Pauschalreisenden ins Gespräch zu kommen. Und am nächsten Morgen würde ich sogar ein ganzes Flugzeug voll mit ihnen in die Heimat nehmen.

Insel Gili Air

Wo ist sie, die Insel »Fürmichganzallein?«

»Hey Mister, what's your name? Where are you going?«

Daß man Mister ist, weiß man jetzt. Wie man heißt, will man – bei der Häufigkeit, mit der man am Tag seinen Namen wiederholen muß – bald selbst nicht mehr wissen, und wohin man geht – das erzählt man am besten niemandem.

»You need transport?« No, Ruhe is all I need.

Die hundert Angebote, transportiert zu werden – man ist zu müde, sie auszuschlagen, bekommt diesen glasigen Blick, diese tauben Ohren und schaut sehnsüchtig ostwärts gen Nusa tenggara, dort schwimmen an die zwölftausend, meist unbewohnte Inseln kulturlos dahin, ohne Bemo, ohne money-changer... Wo ist sie, die Insel »Fürmichganzallein«?

Lombok bietet sich an. Padang Bai nennt sich der After von Bali. Ein schmuddeliger Hafen stößt eine durchgerostete Fähre aus, die nur noch die Pflicht zusammenhält, täglich pendeln zu müssen. In der Brühe, die gegen das Schiff schwappt, zeigen dunkelbraune Balinesenkinder ihre hellrosa Fußsohlen und kreischen dem transportierten Reisenden noch nach: »Hey Mister, you need transport?« – wie zum Hohn auf dessen zwanghafte Reiselust.

Daß wir Erste Klasse fahren, erkennen wir lediglich an der würdevollen Art, mit der die Bordstewardess in ihrem hellblauen Kostüm über das rostige Deck schreitet, und der erstklassigen Weise, in der sie nach unseren Tickets fragt.

Lembar heißt der schmuddelige Mund von Lombok, und schon von weitem hört man ihn rufen: »Hey Mister, you need Hotel?«

»Isn't it horrible«, fragt mich im unvermeidlichen Bemo mit sanfter Stimme ein Indonese, dessen Lippen meine Frau auch noch ›sinnlich‹ findet, »to hear all day long, you need this, you need that?« Moslems sind Spießer, erfahre ich, »Hindus more flexible«. Am Ende einer einstündigen Demonstration seiner Einfühlsamkeit kommt er zu dem Schluß, ich könnte mich nur in seinem Losmen von den lästigen Werbungen erholen, und zufällig stehen wir auch schon davor.

Wo ist sie, die einsame Insel?

Nördlich von Mataram erstrecken sich endlos weiße Sandstrände. Hier wittern wir sie. Vereinzelte Bungalow-Anlagen bilden die nur dünne touristische Haut von Sanggiggi Beach. Gleich hinter dem Coca-Cola-Stand führt ein Pfad in den Urwald. Hier haben sich Menschen zwischen Bäumen etabliert. In den winzigen Nischen und Lichtungen nimmt »Kultur« Platz, nicht als krasser Einschnitt, sondern als sanfte Aneignung. Noch fast Baum, wird der Bambus zum Pfahl. Ein paar aufgeworfene Steine bilden die Lagerstatt, darüber ein Strohdach. In Form und Farbe bildet Kultur keinen Kontrast, Natur und Kultur, freundlich nebeneinander, existieren nicht – sie sind identisch. Merkwürdig unbeeindruckt und abgeschirmt gegen das Klimpern der Cola-Flaschen gehen die Sasaks hier ihren Gang; vielleicht reiht sich dieses Klimpern sogar als weitere Klangvariante an die Tonfolgen ihrer Gamelan-Musik.

Eindeutig als Kultgegenstand identifiziere ich eine leere Sprite-Flasche in einem Schrein, auf Hibiskusblüten gebettet: Das ist auch eine Art, mit unserem Kulturschrott fertigzuwerden. Die bekannte Ausschlachtung des Kulturschrotts, wie wir sie von Indianerreservaten kennen – hier suchen wir sie vergeblich. Begriffe wie ›Dorf‹, auch wenn sie soziologisch begründet sein mögen, sagen merkwürdig wenig aus über diese ›Menschen zwischen Bäumen‹.

»Sind Sie nicht ein Kunde von uns aus Osnabrück?«

Wieder zurück am Cola-Stand spricht mich Klaus an. Weil ich jener Kunde hätte sein können, laden Jutta und er mich zu einer echten Tasse Filterkaffee in ihr Sangiggi Beach-Hotel ein. Diesseits gegen die Sasaks und jenseits gegen die Strandverkäufer abgeschirmt, erfüllen sie sich *ihren* Inseltraum. »Einmal in drei Wochen setze ich meinen Fuß aus der Anlage und stoße fast auf einen Kunden.« Für Klaus sind alle Menschen Fast-Kunden. »Drei Wochen Freundlichsein auf dem Weihnachtsmarkt von Osnabrück, und dir schmerzen die Mundwinkel.« Wir sind so freundlich zueinander, daß wir nur qualvoll auseinanderkommen. Ich denke an die zum Lachen geöffneten, vom Betelnußkauen blutrot gefärbten Münder der alten Sasaks, für die Ernstsein eine arge Anspannung ist. Einen Moment lang blicken wir alle drei, von einer ähnlichen Sehnsucht ergriffen, auf die blumengeschmückte Hotelumfriedung. Von Osnabrück sind Jutta und Klaus jetzt nicht weniger weit entfernt als von dem Terrain, das hinter ihrem Ghetto beginnt.

Vor der nördlichen Küste Lomboks gibt es drei kleine Inseln: Gili air, Gili menos und Gili trawangan. Letztere, weil sie am umständlichsten zu erreichen ist, wird gerne von denen frequentiert, die allein sein wollen, das heißt: von den meisten. Auf Gili menos, so hören wir, lebe ein chinesischer Allergiker, der den Frieden durch ständiges Niesen störe. Wir entschließen uns für Gili air. Mit dem Gerücht, die Insel sei malariaverseucht, gelingt es mir, weitere Touris abzuschütteln.

Von Bangsal aus steuern wir in einem schmalen Auslegerboot auf ›unser Paradies‹ zu. Auf den ersten Blick entspricht Gili air meiner Vorstellung von einer einsamen Insel: Annähernd rund, innen grün und außen weiß, unter blauem Himmel, scheint sie auch das Angenehmste zu beherbergen – den nicht vorhandenen Mitmenschen. Zunächst tritt meine Frau lediglich auf einen Leguan, wenig später aber auf einen Wiener, der sich als äußerst geschwätzig erweist. Umgehend erfahren wir, daß er im siebten Bezirk wohnt und daß von Erika Pluhar bis Udo Proksch ihm alle wichtigen Wiener persönlich bekannt sind. Aber auch das Geschwätz eines Wieners verflüchtigt sich hier gleichmäßig im Raum. Vor drei Strandhütten hocken ›Ausgesetzte‹, richtige Robinsons, und blicken verbissen auf's Meer. Wir umrunden dreimal die Insel und gestehen uns ein: Mehr gibt es hier nicht zu sehen. Jetzt müßte das Glück einsetzen. Statt dessen beginnt es zu regnen. Ein einfacher Pfahlbau dient uns als Unterschlupf. Hier sollen wir die Nacht verbringen. Und schon wird es Abend. Jetzt stellt sich die ›Hotelcrew‹ vor, die unseren Pfahlbau managt: Ein zahnloser Malaie, der erstaunlich gut englisch spricht und seine Pupillen geschickt unter den Lidern versteckt, zeichnet für »public relations«. Er labert uns voll. Ein nicht weniger schräger Vogel, den er als »our brillant cook« vorstellt, nennt sich »Brrr«. Ich sage scherzhaft, den Namen könne ich mir leicht merken, weil man so bei uns die Pferde bremse. Im Halbdunkel bleibt ein eher rundliches Geschöpf, das meine angespannte Aufmerksamkeit fordert, weil bekannte Gefühlsregungen seinem Gesicht nicht zu entnehmen sind. Bedauerlicherweise weicht die Crew nicht von unserer Seite. Unsere Paradiesinsel bröckelt. Zwei ihrer wichtigsten Komponenten verabschieden sich, die Sonne und das Paradies, während die Einsamkeit auf gewisse Weise größer wird. Sehnsüchtig schaue ich mich nach dem Wiener um. Ach, würde er doch jetzt von Erika Pluhar plaudern.

Wie eine ironische Zeremonie wird »Restaurant« nachgespielt. Die Entstehung eines Omelettes wird geprobt. Man kellnert, serviert und dienert wie in einer Farce von Mrozek. Dann überläßt man uns ganz der Nacht.

Aus dem Abfluß der Mandis nähern sich die Kakerlaken. Ein Gecko ruft noch spöttischer als sonst seinen Namen. Riesige Käfer stürzen sich ins Licht unserer Taschenlampe. Ach, wären wir doch jetzt bei Jutta und Klaus. Dann hören wir ein Knistern im Unterholz. Eine Gruppe von Eingeborenen taucht vor uns auf, angeführt von unserem grinsenden Malaien. Ob uns die »world news« interessierten, sie würden in wenigen Minuten beginnen. Selbstverständlich freuen wir uns über jeden Kontakt zur Außenwelt. Man führt uns schweigend durch den Dschungel. Mitten im Urwald steht ein Fernsehgerät. Ja, ein Fernsehgerät! Matt schneit das Bild herein. Winzige Bruchstücke einer vertrauten Wirklichkeit. Amerika bombt Bagdad. In Frankfurt hat es 14 Grad. Es gibt sie also, die Außenwelt. Eine muslimische Hymne beschließt das gespenstische Programm.

»Hey Mister, you need transport?« Nie zuvor in meinem Leben habe ich mich so über eine Frage gefreut wie über diese am nächsten Morgen.

Angeregt von einer thailändischen Tourismus-Initiative hatte Anfang der achtziger Jahre auch die indonesische Regierung unter dem Motto »Seid freundlich zu den Touristen« in den Tageszeitungen des Landes drei Fragen abgedruckt, die zu lernen jeder Indonese aufgefordert war: What's your name? Where do you come from? Where are you going? Bewundernswerterweise bin ich noch keinem Indonesen begegnet, der die Fragen nicht in der vorgegebenen Reihenfolge gestellt hätte. Mit stolzer Freude über das einmal Gelernte werden die Fragen auch mehrmals vorgetragen, selbst dann, wenn sie bereits mehrmals beantwortet sind. Das aber, gelobte ich nach unserer heilen Rückkehr von Gili air, würde mich von nun an nicht mehr davon abhalten können, sie mit grenzenloser Geduld auch tausendmal zu beantworten.

Toscana

Hardcore in den Kathedralen

Den typischen Protestanten kennt jeder. Aber gibt es auch einen sinnlichen Protestanten? Ja, er bewegt sich in meinem Bekanntenkreis, das heißt, meistens sitzt er: dick, laut, fröhlich, oft witzig. Er liebt die südlichen Weine und die Toscana, wandert dort gern, aber, und hier pfeift ihn sein protestantisches Ich wieder zurück auf den kargen Boden nördlicher Traurigkeit, er haßt toscanische Kirchen, findet sie, ohne Anerkennung ihres historischen Werts, durchweg abscheulich – als gäbe es jenen gleitenden Übergang nicht, der uns so beschwingt von der toscanischen Lebensweise in die Kirchen führt und trunken aus ihnen heraus.

Ob ihm das Ambiente einer friesischen Kapelle mehr behage, wollte ich von meinem sinnlichen Protestanten wissen. Ja, dort könne sich sein genußfreudiger Körper wenigstens von seinen Eskapaden erholen. Aha, spartanisch will es der Mann! Das Beichten ist ihm verwehrt. Wenn sich das schummrige Rotlicht der Bordelle in den Kathedralen fortsetzte, gäbe es ja gar keine Abwechslung mehr. Außerdem drücke sich in den Malereien von da Vinci und Konsorten ohnehin nur die Krankheit der Gehirne aus, und so weiter und so fort, man kennt ja die Vorwürfe der protestantischen Vorhut an den katholischen Geist.

Nun, bei mir ist es genau andersherum: Gerade die (lichtmäßige) Nähe zu einer Spelunke in Bremens Ostertorviertel zum Beispiel erzeugt in mir ein prickelndes Gefühl von Abenteuer: Ich muß nicht mehr »los«, ich bin bereits da, die Beichte in greifbarer Nähe – hinter Vorhängen wittert man

Sündige, die Unsichtbaren Unlauteres zuflüstern und dabei auf delikate Strafen warten.

Vermutlich um Strom zu sparen, ist die Kirchenleitung der Kathedrale von San Gimignano – der Altstadt mit den hohen Türmen – auf eine wundervolle Idee gekommen. Ein computergesteuertes Zählwerk spendet, nachdem man 200- oder 500-Lire-Münzen eingeworfen hat, den imposanten Wandgemälden gerade so viel Licht, wie man braucht, um festzustellen, daß es sich hier um höchst grausame und bluttriefende oder, um einen modernen Begriff zu benutzen, um Hardcore-Bilder handelt, die, so ist zu vermuten, den damaligen Betrachter nicht nur drastisch auf die Folgen moralischen Fehlverhaltens hinweisen sollten – von den abgeschlagenen Kinderköpfen spreche ich in diesem Zusammenhang nicht –, sondern wohl auch eine latente Sehnsucht nach diesem Fehlverhalten befriedigten. Der Umstand, daß die Betrachtung des Horrors nicht kostenlos ist, sondern unter dem erbarmungslosen Ticken einer Zähluhr erfolgt, ähnlich wie in den Kabinen der Peepshows, zwingt uns zu einem schnelleren und genaueren Sehen, einem Sehen, das Details noch in letzter Sekunde erhascht und das ein Gemälde nicht mehr als ewig wertvolles Kunstwerk, zeit- und daher belanglos, gewissermaßen indifferent in der Zeit hängend, wahrnehmen läßt, sondern als spannend geile Geschichte von Moral, Schrecken und Sühne, als die immer aktuelle Geschichte von Handlungen, deren Folgen man zu tragen hat: Herausgeschnittene Herzen, abgehackte Gliedmaßen, dazwischen einer, der träumt – und dem deshalb nichts passiert. Hier also, lieber protestantischer Freund, kann ich mich ganz öffentlich und ohne mein Ansehen aufs Spiel zu setzen, am Entsetzen erquicken.

Fast unerträglich, allerdings auch für mich, ist das

Grauen, das mich packt, wenn ich den Dom von Siena betrete. Noch bevor mein Blick die Gemälde in den Nischen und Winkeln streift, duchbohren mich schon die tödlich strafenden Augenpaare von mehr als hundert Päpsten, die senkrecht von der gotischen Kuppel starren. In ihre vom Luderleben gezeichneten Gesichter haben ihre Schöpfer eine päpstliche Menge krimineller Energie gemeißelt. Eindeutig: Mit den morbidesten menschlichen Gelüsten waren die Päpste aufs engste vertraut. Merkwürdig gelungen wirkt ihr Versuch, ihre Anwesenheit ins Unsterbliche hinüberzuziehen, aber, vor allem, sind sie doch ein Gruselkabinett; denn: sind diese Herren nun wirklich tot? Es beschleichen einen seltsame Zweifel.

Ein paar hundert Meter weiter auf der Piazza Salimbani blicken ihre weltlichen Brüder von den Dächern der Gebäude, als wollten sie sagen: Wir sind immer noch da und haben alles unter Kontrolle! Die konzentrierten Menschenmengen, die, den Kopf in den Nacken gestützt, an den Kirchensäulen und -türmen, von phallischen Spitzen entzückt, emporschauen, lassen in mir die Frage hochkommen, warum sich nicht ähnliche Gruppen vor dem Frankfurter Messeturm bilden, um diesen euphorisch zu bestaunen.

Weil auch ich einem protestantischen Elternhaus entstamme, spricht mich sicher die äußere Schlichtheit des Messeturms mehr an als die zuckerbäckerverkrustete Fassade der Kathedrale von San Gimignano mit ihrem Personenkult; aus jedem romanischen Ornament wird gleich ein »heiliger Bartholomäus«.

Dagegen ist die Bartoluskirche am Stadtrand von San Gimignano eine kleine Kirche, die durch ihre Unauffälligkeit bestichT. Ja, sie ist von geradezu fernöstlicher Reinheit und Schönheit – wie alles, was vom frühkatholischen Italien geprägt ist. Ist von einer selbstbewußten, sich verausgabenden Schlichtheit, die nie den Schwanz einzieht oder sich, wie in der neoprotestantischen Moderne, selbst betrauern muß.

Daß auch die Farbe Grau eine Pracht entfalten kann, wenn man sie souverän einsetzt, beweisen die Wände und Säulen der Santa Agostina in Volterra. Wie schön kann das sein! An einem grauen Morgen in einem grauen Mantel eine graue Kirche zu betreten. Ein Grau, das herausposaunt: Ja, ich bin grau, und das nicht als die (Un)farbe auftritt, die vor anderen Farben kapituliert, um sich im Unscheinbaren zu verdrücken.

Natürlich wird dieses Grau erst schön durch die goldprotzenden Figuren, die von der Kuppel äugen. Es fängt deren Sturz ins Abscheuliche ab, und hier zeigt sich, daß eine graue Wand der barocken Pracht nicht nur ebenbürtig ist, sondern uns sogar mit ihr versöhnt. Umgekehrt werden wir mit der ewigen Leidensmiene unseres »Ecce Homo« durch ein fröhlich strahlendes Blau versöhnt, in das sein Lendenschurz getaucht ist; die Virgo Maria wird zwar von Schwertern durchbohrt, aber die Schwerter glitzern, und deren Gold dominiert den Tatbestand. Sich aufregen und wieder beruhigen, böse sein und beichten, schrill sein und dann wieder karg: Die toscanischen Kirchen respirieren, mein protestantischer Freund, sie sind am Schmecken viel zu interessiert, um geschmacklos zu sein. Unter dem Altar einer Kirche in Poggibonsi schimmert etwas Flaschenartiges so verführerisch burgunderrot, als würde der Wein hier nicht nur für die Messe gelagert.

Im Vorfeld eines beginnenden Gottesdienstes repetieren viele ältere Damen in einer mir unerklärlichen Rollenverteilung so lautstark das Ave Maria, böse Blicke um sich werfend, daß der Priester sich kaum zu seinen Reliquien traut, während der protestantische Pfarrer von der Kanzel herab Vorhaltungen machen würde. Da sage mal einer, daß hier die katholische Kirche von oben geführt wird.

Die Toscana, und das sind immer Natur und Kultur, Landschaft und Kirchen, läßt, und das ist das einzige, das man ihr vorwerfen könnte, keinen Platz für Geschmackloses. Irgendwie scheint hier alles »gebildet«; sogar die Birnen tragen ein Rosa, das sich nur eine Natur aufzulegen vermag, die bei den großen Meistern gelernt hat.

Auf die schönste Innenausstattung stieß ich allerdings weder in einer weltlichen, noch in einer kirchlichen Einrichtung, sondern in einer, die von den Hirten des Herrn und ihren Schafen gleichermaßen frequentiert wird: einer öffentlichen Toilette in der wunderschönen Stadt Colle di Val d'Elsa. Nur bei äußerst schlechtem Gewissen läßt man hier sein Wasser; die schwarz-weiße Bekachelung ist so römisch klar und raffiniert gemustert, daß man auf den Stellenwert schließen möchte, den die Verrichtung der Notdurft in dieser Stadt einnimmt. Eine echte Geschmacklosigkeit dagegen ist die importierte Plastik eines germanischen »Künstlers«, die in einem kleinen Park in San Gimignano steht. Sie ist von unförmiger Gestalt und aufgestellt, um nicht vergessen zu lassen, was man schon immer wußte: daß den germanischen Völkern (immer noch) jeder Sinn für das Schöne abgeht. Der kleine Park ist im übrigen der alten Festung, La Rocca, vorgelagert. Von hier aus wurde San Gimignano lange erfolgreich verteidigt, gegen die Plastik hat man das nicht geschafft.

Am dringlichsten in Erinnerung an diese Stadt blieb mir allerdings die Gestalt eines Behinderten, der, während er sich fortbewegte, eine Art lebende Skulptur »erzeugte«, und zwar dergestalt, daß er sich ununterbrochen in geduckter Haltung, eine Hand über dem Ohr, vor einem unsichtbaren Ohrfeigenregen zu schützen schien.

Doch zum Abschluß möchte ich, meinem protestantischen Freund zuliebe, die toscanische Landschaft nicht unerwähnt lassen, durch die er, die Kirchen meidend, so gerne wandert. Wer in dieser Landschaft erwacht, in einem geschmackvoll restaurierten Landhaus beispielsweise, in der engen Nachbarschaft lauter gebildete, geschmackvolle Leute, Misanthropen wie ich, konstatiert noch bei geschlossenen Augen, wie träge hier die Fliege ist, die über der Nasenspitze ihre Runden dreht: Ein Stuka-Angriff ist es nicht, eher ein Besichtigungsflug.

Ähnlich lasch macht man sich dann auf die Wanderung, d. h. man begibt sich auf den langen, unendlich langen Weg zu einem möglichen Weg, den man bewandern könnte. Ansätze von Wegen verenden im Dickicht, im Schlamm oder führen zu Privatgrundstücken. Schon von weitem hört man die Hunde, die einen bald beißen werden. Das Auf und Ab der Stimmung wird vom Zustand der Wege diktiert. Verbreitert sich einer, kommt Hoffnung auf. Verendet er, befällt einen Tristesse, die Wegelagerin in der Toscana.

Die Bauern scheinen an einer kommunalen Infrastruktur nicht interessiert zu sein. Es fehlt der verbindende Feldweg, der Waldweg. So beginnt man aus der Not eine Tugend zu machen und hin und her zu gehen, einfach die Richtung zu wechseln, und nicht mehr auf sein Ziel zusteuernd, kommt der germanische Völkerwanderer endlich zur Ruhe, jetzt möchte er siedeln, etruskische Gleichmut hat ihn milde gestimmt.

Zeit, mal wieder eine Kirche aufzusuchen!

Bonn

Bonn muß Kanzler bleiben

Ich liebe Bonn. Zwei Tanten von mir sind dort gestorben. Friedlich. Bonn liegt reglos am Rhein. Hier kann man alt werden. Adenauer beispielsweise wurde sehr alt. Beim Zubinden der Rosenstöcke hat es ihn dann aber erwischt. Wenn ich in Bonn ankomme, nehme ich gleich den Zug nach Bad Godesberg. Da ist es noch stiller. Und von dort den direkten Weg zum Burgfriedhof. Hier ist es am stillsten.

Vergeblich suche ich das Grab meiner Tanten. Seit Jahren schon. Das ist schön: dieses Vergebliche. Denn es hat etwas mit Bonn zu tun. Und es macht nichts. Denn der Geist meiner Tanten schwebt hier wie dort. Schon zu ihren Lebzeiten besaß er keine genaueren Konturen. Bonn lebt aus der Stille heraus. Der Name ist kurz, nichtssagend und endgültig. Bonn! Schluß! Aus!

Bleiben wir in Bad Godesberg.

Bad Godesberg ist Bonn pur. Nicht nur, weil es hier noch ländlicher ist. Oder weil sich der politische Geist in den Redouten konzentriert. Nicht nur wegen der noch größeren Ausländerfreundlichkeit (pechschwarze Diplomatenkinder spielen unbehelligt in den Villenvierteln). Hier sieht man schon mal Leber im Café und Egon Bahr in Kordhosen. Zwei Hubschrauber schweben in Richtung Petersberg. Der große Kanzler wird in zwei Hälften (oder ist es Genscher?) zum Tee geflogen.

Nach Abschlendern des Redoutenparks nehmen wir selbst einen Tee im Redoutencafé und verlassen jetzt das Stadtgängerfußparkzentrum für eine Redoute.

Oberhalb der Burgstraße schwillt Bad Godesberg an zu

seiner Essenz: dem dörflichen Kern. Schweinheim grenzt an. Vor einem Kiosk auf Fachwerkbasis (eine Redoute für sich) rekeln sich Penner weltmännisch. Der Bad Godesberger Penner wirkt kosmopolitischer als der bundesdeutsche Durchschnittspenner. Seine Gesten sind ausladender und scheinen mehr zu besagen, seine Grimassen international. Es kommt eben nicht darauf an, wo man ist, sondern wie man sich dort fühlt! Ein paar Schritte weiter die Pestkapelle mit dem Hinweis: Bis hierher ging die Pest im Jahre 1666. Man versteht die Pest nicht mehr. Wieso hat sie hier haltgemacht?

Interessiert lese ich den Ministrantenplan. Adenäuer und Gotto dienen in dieser Woche. Gibt es denn nur so große Leute hier? Editha Limbach wiederum kenne ich nicht. Sie kandidiert hier für die CDU. Dafür ist ihr Gesicht so breit, daß es den Plakatrahmen sprengt.

Also, wenn die Pest hier haltgemacht hat, gehe ich auch nicht weiter. Ich drehe Editha den Rücken zu. Noch hundert Schritte bis zum Burgfriedhof, meinem Tantenlieblingssuchplatz. Ah, jetzt verstehe ich: Hier gab es für die Pest nichts mehr zu tun!

Wieder der Fachwerkkiosk. Vorbei an der Horionstraße. War Horion nicht ein berühmtes Rauschgift? Dann das Horion-Altersheim. Werden hier die Alten mit Horion versorgt? Davor ein Leichenwagen mit laufendem Motor, dessen Besatzung abwartend zu den Fenstern blickt. Sind meine toten Tanten vielleicht noch am Leben?

Nach dem Friedhofsbesuch aber bin ich völlig ruhiggestellt und vermerke: Wieder tote Tanten nicht gefunden.

Im »Ali Al Said« ess' ich scharf. Das regt den Kreislauf an. In Bad Godesberg ist jedes zweite Restaurant arabisch. Die Wirte sind friedlich und nehmen niemanden als Geisel.

Zurück in Bonn promeniere ich durch die Rheinauen, immer am Ufer entlang. Links das Palais Schaumburg, die Villa Hammerschmidt. Davor zwei Grenzschutzbeamte, wachsam plaudernd im konzentrierten Schlendergang. Ihnen sehe ich gerne bei der Arbeit zu; und ich denke: Die Unterhaltung von zwei solchen Beamten hat doch besondere Aussicht, erlesen zu werden. Schon der berufliche Rahmen, in dem sie stattfindet, gibt ihr eine gewisse Form. Vorsicht bei der Wahl der Worte ist geboten, weil der Gesprächspartner die MP im Anschlag hält. Und schließlich erlangt allein dadurch, daß sie bezahlt wird, die Unterhaltung einen bestimmten Wert

Endziel meiner Bonn-Bad Godesberger Burgfriedhofwallfahrt sind die Thermen am Bonner Opernplatz. Die 75.000 Quadratmeter Fußgängerzone lasse ich unter mir und genieße durch das Glasfenster der Dachgartensauna den herrlichen Blick auf Bonn-Beuel. Nichts wird mich je dort hinziehen, aber der Name hat es mir angetan.

Schon Bonn klingt wie ein Unfall. Aber Beuel macht ihn folgenschwer. Es müßte doch, denke ich in der Hitze des Mandarinenaufgusses, eine Möglichkeit geben, dieses nette und handliche Bonn mit dem noch netteren Bad Godesberg, dem angrenzenden Schweinheim, den horionsüchtigen Alten und natürlich dem Burgfriedhof in mehreren Bundesgrenzschutzhubschraubern nach Berlin zu überführen – das ist ja jetzt größer geworden – und dort wieder aufzubauen. Es müßte ja nicht gleich am Kudamm sein; vielleicht irgendwo zwischen Steglitz und Lichterfelde. Dort würde es sich gewiß harmonisch einfügen. Und am Rhein? Kaum einer würde die Abwesenheit Bonns bemerken, und die leidige Debatte um die Hauptstadtfrage hätte ein Ende.

Und ich – könnte in Berlin meine Tanten suchen.

Bangkok

Erleuchtung zur Rush-hour

Wer mit einem Hexenschuß in Bangkok ankommt – und das ist nicht schwer nach einem zwölfstündigen Aufenthalt im vollklimatisierten Flugzeug –, der liegt (oder steht) nicht verkehrt. Er kommt, leicht nach vorn gebeugt, devot dem Thai entgegen... Wenn nur dieses schmerzverzerrte Gesicht nicht wäre! Doch morgens um vier blicken auch die Thais nicht freundlich. Vielleicht ist es die einzige Stunde, in der sich ihre Mundwinkel vom Dauerlächeln erholen.

Man überreicht mir wortlos eine Nummer und deutet auf einen noch stilleren Mann. Das ist der »Kutscher«. Ja, es ist *die* Szene, mit der jeder Dracula-Film beginnt: Jonathan Harker auf dem Weg zum Schloß des Grafen, ein schwarzgekleideter Postillon peitscht auf die Pferde ein – so sitze ich im Fond des Taxis, das mich vom Don Muang Airport ins Zentrum bringen soll, den Rücken des Fahrers vor mir, eiskalt und uneinnehmbar, zwecklos mein freundliches Fragen, der alte Ford fliegt über die nächtliche Autobahn, als wollte er sagen: Fahr zur Hölle! Hier hast du sie, deine »One night in Bangkok«!

Dann hält der Wagen doch unvermitttelt vor »meinem Hotel«, der Alp ist für eine Sekunde unterbrochen. »Swan-Hotel« steht in gläsernen Buchstaben über der Tür, Drähte hängen aus dem S. Aber dies ist nicht »Swanns Welt« von Marcel Proust, sondern eine Empfehlung von Stefan Loose. Dieser alternative Fernostspezialist mit seiner Vorliebe für alles, was »reichhaltig und billig« ist, führt uns in seinen zahlreichen Reiseführern mit sicherem Instinkt in die schmuddeligsten Hotels dieser Welt. Ja: Am Fuße der großen Mauer, die das beste Hotel der Welt, das »Oriental«, von der gewöhnlichen Welt trennt, wirkt das »Swan-Hotel« wie ein Auffanglager für alle die, die es nicht über die Mauer geschafft haben.

Noch ist die Stunde, in der man das auf dem Fußboden der Empfangshalle liegende Hotelpersonal besser nicht aus seinen Alpträumen reißt, zu leicht könnte es sich zum Mitspiel im eigenen Alptraum verführen lassen. Schlafwandlerisch öffnet jemand, der sich als Portier ausgibt, die Tür zu einem stickigen Zimmer und deutet auf die Kakerlaken, die über die Betten flitzen, als wollte er sagen: Seht Ihr nicht, daß die Zimmer belegt sind? Dies ist der Augenblick, da man den im Gepäck befindlichen Reiseführer persönlich und mit du anspricht: Stefan, wo führst du uns hin?

Wieder stehen wir auf der Sukhumvit, die Hunde bellen uns zur nächsten Straßenecke – gibt es denn hier keine middle class? Im Dunkel der Nacht pulsiert das »Trocadero«, von Stefan als »First-Class-Hotel« beschimpft. An den Wochenenden verwandeln sich die Nobelhotels Bangkoks in Kinderdiskotheken. Bangkoks Jugend tobt mit buddhistischer Hundertprozentigkeit, aber diszipliniert und vor langen Tischen. Man ißt, trinkt Unmengen Mekong, tanzt und johlt, und das alles gleichzeitig. Weil man sich aber nicht individuell danebenbenimmt, sondern vorsätzlich und vereint, entsteht ein geradezu geordnetes und homogenes Gesamtbild. Das zu Tage tretende Unbewußte erweist sich dabei völlig als echte Lebensfreude, skandinavische Dumpfheit ist unbekannt.

Die Sechzehnjährigen stehen abholbereit vor der Rezeption. Der innerthailändischen Freude und Ausgelassenheit folgt jene bedauerliche Fügsamkeit, mit der sie die Herren aus Braunschweig oder Stockholm auf deren Zimmer begleiten. Die Rache für die westlichen Begierden ist Bangkoks westlicher Standard: Wer seinen Hexenschuß über die Sukhumvit und vor den Hunden ins »Trocadero« gerettet hat, dem schießt jetzt das Tiefkühlgebläse der Klimaanlage ins Gesäß, so daß er, sollte er noch Lust dazu haben, sich ohnehin nicht mehr rühren kann. Jeder Raum in Bangkok, der etwas auf sich hält, ist tiefgekühlt. Und zwar nach der Devise: je kälter, desto luxuriöser! Im Erste-Klasse-Abteil des Expresszuges reagiert der Schlafwagenfahrer irritiert, wenn man sich über die Blaufärbung in den Fingerspitzen beklagt; schließlich hat man dafür bezahlt.

Wer, aus Erfahrung klug geworden, in einem besseren Hotel nach einem »Zimmer mit Fan« fragt, kann nur ein armer Schlucker sein, denn wer Geld hat, der friert auch. Der sextouristischen Nutzung der Hotelzimmer, verbunden mit dem übertriebenen Genuß des Luxusguts »Kälte«, folgt nicht selten die Geschlechtskrankheit oder, alternativ, eine mittelschwere Grippe. Beides macht den Gang zum Arzt erforderlich. Das Dreieck der miteinander korrelierenden Programmpunkte – der möglichen Geschlechtskrankheit, der möglichen Grippe und dem sicheren Arztbesuch – scheint ein wesentlicher Stimulator für Bangkoks Wirtschaft zu sein.

So fällt der Empfang beim Arzt auch äußerst freundlich aus – wessen Grippe noch nicht voll ausgereift ist, dem gibt die Klimaanlage im Wartezimmer den Rest. Der Arzt gibt mir den Rat, nie mehr etwas zu heben, und eine Rechnung, die ich begleichen muß. Bangkok ist voll von Ärzten. Einige heißen gleich »Dr. Clinic«, und eine »Dental Clinic« trägt den Namen »Happy Smile«.

Wirkliche Heilung verspricht nur die Massage. Es gibt, lasse ich mir sagen, keinen fundamentalen Unterschied zwischen der traditionellen Thai-Massage und der ausgedehnteren und berüchtigten Body-Massage. Beide sollen letztlich entspannen und behandeln lediglich unterschiedliche Details. Die historisch überlieferten Massageregeln findet man in einer hübschen Bilderfolge an einem der Tempel des Wat Po's, Bangkoks touristischster Tempelanlage. Sie soll die erste Universität für Massage beherbergt haben. Während man die Bilder betrachtet, beginnen schon ungefragt gelernte Finger an Nacken und Schultern zu nesteln, und leise versucht man sich mit einer Frau zu einem Hausbesuch zu verabreden ...

Das unverschämt leuchtende Gold, das alle buddhistischen Tempelanlagen dominiert, ist, stelle ich fest, die einzige Farbe, die einem Gott würdig ist. Welch krasser Unterschied zu dem Trübsinn, der uns aus den meisten christlichen Kirchen entgegenbläst! Die Aussicht, unseren Herrn ständig gekreuzigt zu sehen, stimmt einen ja wirklich nicht hoffnungsvoll. Der allgegenwärtige meditierende Buddha aus Gold lebt uns vor, was seinem betriebsamen Betrachter so entsetzlich abgeht: Glanz und Gelassenheit! Und der 45 Meter lange und 15 Meter hohe, mit Goldplättchen verzierte »sterbende Buddha« scheint, den Kopf lässig aufgestützt, eher zu faulenzen und unter halb geschlossenen Lidern halblaut zu denken: Da kommen sie wieder, die Japsen, die Amis, die Germans und können nicht genug kriegen von meinem Gold.

Der thailändische Buddhismus, auch wenn er Enthaltsamkeit lehrt, ist keine Religion, die den Blick für die Freuden des Lebens trübt. Sieht man einmal von der anschließenden Vermarktung ab, so ist es erst einmal eine Freude, festzustellen, wieviel Heiterkeit und Lust eine nicht repressive Religion freisetzt, besonders, wenn man gerade aus

Jakarta oder Neu Delhi angereist ist. Buddha behüte, daß mit dem gerechten Kampf gegen den Sex-Tourismus nicht auch die erotische Unbefangenheit zerstört wird, die man durchaus als kulturelle Errungenschaft zu werten hat. Schließlich kann man nur dort der Vermarktung begegnen, wo es ursprüngliche Qualitäten gibt. Die schönen Dinge der Welt werden ja auch sonst dem Tourismus als Fraß vorgeworfen – und dennoch würde niemand der touristischen Ausbeutung einer Landschaftsidylle mit deren Abschaffung zu Leibe rücken. Was soll ein Land machen mit einem solchen Reichtum an libidinöser Kraft, wo es doch überall in der Welt einen unstillbaren Hunger nach Liebe gibt?

Daß die amerikanische Marine übrigens nach ihrer erfolgreichen Rückkehr vom Golf mit 4000 Soldaten in Pattaya zum Koitus festmachte, mußte man, der »Bangkok Post« zufolge, eher als Wiedergutmachung verstehen, da das von der amerikanischen Regierung zu Beginn des Golf-Krieges angeratene Fernbleiben amerikanischer Touristen in Pattaya zu einem wirtschaftlichen Desaster geführt hatte. In Bangkoks »Silom Center« jedenfalls spitzen sich thailändische Sinnesfreuden konzentriert und teuer – wie immer – auf den ausländischen Appetit zu. Hier rüsten sich die hochleistungsfähigen Japaner mit hochprozentigem Eiweiß, das sie aus den Lobstern saugen, während die gespreizten Finger der Lakhon Nay-Tänzerinnen ihnen den Weg zur benachbarten Patpong 1 und 2, Bangkoks »Großer Freiheit«, zu weisen scheinen.

Auch die Japaner sind sanft in Thailand einmarschiert, um ihr erotisches Defizit auszubügeln und sich zudem ökonomisch zu bereichern. Immerhin, stelle ich zufrieden fest, lassen sich die thailändischen Angestellten der Sushi- und

Tempura-Schnellrestaurants nicht wie ihre indonesischen Kollegen in Kuta auf Bali dazu hinreißen, dem Gast im Kimono und auf Knien entgegenzurutschen.

Daß es bei der sextouristischen Penetration um eine geradezu militärische Angst vor einer Niederlage geht, erfahre ich von einem deutschen Augenarzt im »Haus München« auf der Sukhumvit. »Es gibt nur eins, was ein thailändisches Mädchen dir übelnimmt«, verrät er mir vielwissend, »wenn du es nachts nicht mehr bringst.« Schon seit gut einem Jahrzehnt führe er regelmäßig nach Bangkok wie andere zur Kur. Ob ein gewisser Leistungsdruck dann nicht dem Kureffekt abträglich sei, will ich wissen. »Anderthalb Bier und kein Mekong«, nennt er mir seine Strategie.

Den offenherzigen Umgang mit dem schönen Schein des Lebens verdankt Thailand der buddhistischen Weisheit, die nicht zwischen Schein und Wirklichkeit unterscheidet, weil für sie die Wirklichkeit selbst Schein ist. Wir dürfen also, einmal in diesen Schein hineingeboren, uns guten Gewissens seiner erfreuen. Eine Ausstellung internationaler Schein-Heiligkeiten und Eitelkeiten, die sich in den Namen Gucci und Chanel und Benetton und Boss ausdrücken, finden wir in den großen Departement-Stores des Siam Center, der Peninsula Plaza oder dem Robinson Departement Store, ganz besonders natürlich im Mah Baoonkrong Center. In dem großen Nirvana des buddhistischen Bewußtseins ist für wirklich jede Spielart menschlichen Gehabes Platz. Es gibt, das weiß man in Thailand, beim westlichen Kunden eine Demutshaltung, eine Verbeugung vor dem angebotenen Hemd von Lacoste, von der er am Ende nur durch den Kauf erlöst wird. Dieselbe Erlösung finden wir, billiger, an jedem Straßenrand, sozusagen als Schnellkauf im Stehen. Hier werden uns die gleichen Produkte unter denselben Namen angeboten als perfekte Nachbildungen. Vier Rolex-Uhren für umgerechnet 40 DM.

Der Klang, den diese Markennamen in Bangkok auslösen, wirkt aus der Entfernung an sich schon wie ein ironisches Zitat, am Straßenrand, als Billigprodukt offeriert, aber wie ein buddhistisches Lehrstück über Schein und Sein. Der Handel und die Herstellung dieser Imitationen sind deshalb auch nur scheinbar verboten. Letztlich, so erkennt man, macht es keinen Unterschied, ob man die wahre Ware zum originalen Preis ersteht oder die perfekte Nachbildung zu einem billigeren, denn die ist nicht unechter als das Original. Haben aber alle diese Lektionen uns Abendländern nichts genützt, so empfiehlt sich nach getätigtem Einkauf das intensive Erlebnis der rush hour.

Man setze sich gegen 6 Uhr abends in einen der zu diesem Zeitpunkt in staubedingter yogaähnlicher Ruhe befindlichen Autobusse und genieße den wunderbaren Zustand, in dem nichts mehr geht! Nicht, daß unter den Fahrgästen jetzt Muße ausbräche oder verstärkt geplaudert würde. Es ist eher so, als saugten sie diesen absoluten Bewegungsstillstand mit erhöhter Aufmerksamkeit, einer Art pochender Geduld, die nur als Ergebnis jahrtausendealten Trainings verständlich ist, in sich auf. Niemand stöhnt gequält oder blickt auf die Uhr. Es schießt auch keiner um sich. Die gesamte städtische Bewegung rotiert einsichtig auf der Stelle, als gehorche sie einem Naturgesetz oder lausche der Offenbarung des Allmächtigen. Das gleichmäßige Pfeifen der Verkehrspolizisten mutet an, als pfiffen sie zur Ruhe oder intonierten den allgemeinen Stillstand. Da immer noch Menschen in die stehenden Busse strömen, scheint es sich hier um eine Art Abendandacht zu handeln, um eine »Bus-Zeremonie«. – Und, seltsam, nach einer Stunde des Ausharrens im Bus ist auch der westliche Fahrgast, nachdem seine Absichten und Vorhaben für den Abend wie Seifenblasen geplatzt sind, irgendwie überzeugt, daß das Leben wohl so richtig ist, wie es ist. Er sieht lächelnd auf die bewaffneten Ordnungskräfte herab, die in den Luxus-Konditoreien die Torten bewachen, und amüsiert sich über die wuselnden, besser gekleideten jungen Thais mit Telefonpiepsern an den Gürteln, die aller Welt demonstrieren wollen, wie dringend man sie braucht. Und er beginnt genußvoll durch das offene Busfenster die Auspuffgase einzuatmen, als handle es sich um Düfte der Lotusblüte.

Er ist mit dem Bus noch immer nicht weiter, aber der großen Erleuchtung ein Stück näher gekommen.

Von Deutschland nach Belgien

Vorbei an den Menschen

Der Mann stand unschlüssig am Ufer. Als Gefahr drohte, daß ich ihn um Hilfe anrufen könnte, wandte er sich um und ging. »Hallo«, rief ich. »Das hätten sie gleich sagen können«, sagte er mürrisch und half mit, das Boot an Land zu ziehen. Er stand noch eine Weile neben mir und starrte in das zweite offene Einstiegsloch der Spritzdecke. Er sagte: »In das Loch gehört wohl noch einer rein.« Dann erzählte er eine lange und komplizierte Geschichte, wie es dazu gekommen war, daß er selbst allein habe lospaddeln müssen. »Meine Freundin und ich, wir haben uns verpaßt«, sagte er. »Ich fahr gern allein«, sagte ich. Er sah mich an und strahlte einen kurzen Moment. Am Abend sah ich ihn wieder am Ufer stehen. Er blickte auf den Fluß, der stumm an ihm vorbeizog.

Auffallend viele Glühwürmchen schwirren nachts vor dem Atomkraftwerk Würgassen, an dessen Fuße ich mein Lager aufgeschlagen hatte. Kennte man sie nicht und wüßte nicht, daß sie andernorts glühen, könnte man auf den Gedanken kommen, sie würden direkt aus dem Umfeld des Kraftwerks versorgt. Sie sehen so technisch, so elektrisch aus, daß sich vor dem Hintergrund des ins natürliche Dunkel getauchten Kraftwerks die Frage aufdrängt, wo in der Natur die Grenzen der Künstlichkeit gesetzt sind. Sie erscheinen so wertvoll mit ihrem Glühkörperchen, daß sie in einem Elektrogeschäft bestimmt nicht unter 12,50 Mark zu haben wären. Dutzende ihre Artgenossen schlägt man am Tage bedenkenlos tot, während man ihnen nachblickt in der

Nacht, als würden Japaner ihre neuesten Flugmodelle erproben.

Ich habe eine sehr glückliche Familie unglücklich gemacht, einfach nur dadurch, daß ich in einem Gartenlokal in Holzminden an ihren Gesichtern vorbei auf den Fluß blickte. Anfangs, als ich auf den leeren Tisch neben ihnen zugesteuert war, hatte ich noch große Heiterkeit bemerkt; dann erst, kurz nachdem ich mich gesetzt hatte, brach das Unglück, frage mich nicht wie, über sie hinein.

Ihr Gespräch riß abrupt ab, und die Frau flüsterte auf mich deutend ihrem Mann zu: »Sieh mal, der guckt immerzu herüber!« Ihr Mann, der sich nach mir umdrehte, winkte ab, und ich hörte ihn sagen, denn das galt mir: »Gott, hat der einen traurigen Blick.«

Dieser traurige Blick wird euch noch zu Fall bringen, dachte ich. Und so kam es auch. Nachdem die Frau, immer heftiger durch mein Vorbeischauen beunruhigt, ihren Mann zum zweiten Mal auf mich hinwies, und sich nun auch der Sohn und die Tochter in einer Mischung aus Angst und Wut nach mir umdrehten, ich aber ihre Provokation nicht aufnahm und weiter haarscharf an ihnen vorbei, als wären sie nicht da, ja, als wären sie schon tot, auf die Weser blickte, brachen sie panisch auf und verließen das Lokal.

Dem Alleinreisenden ist die Familie ein ewiges Greuel, ein sich mühsam zusammenhaltendes Karussell, das sich rotierend durch die Landschaft wälzt, ihr Zusammensein ständig durch lautes Rufen und gegenseitiges Umkreisen demonstrierend, durch feindliche Blicke die Grenzen markierend, wie Hunde an Bäume pissen, wissen sie sich doch außerhalb ihrer Behausung in ständiger Gefährdung.

Sie rotten sich mit Gleichgesinnten zusammen auf Campingplätzen, Caravan an Caravan, und bilden ein unerschütterliches Bollwerk gegen die Kleinen, die Miesen, die Wasserratten, die allein angepaddelt kommen, unsichere Kandidaten, die auf dem Wasser schwanken und nachts in ihren kalten Zelten düstere Gedanken spinnen.

Was von zu Hause mitgenommen werden kann, wird mitgenommen; ein Caravan hatte Butzenscheiben, und neben ihm stand ein riesengroßer verschlossener Holzwagen für einen überdimensionalen Hund mit der niedlichen Aufschrift »Monte Wau Wau«. Vorsichtshalber war aber noch hinter der Butzenscheibe das gängige gelbe Warnschild »Achtung! Bissiger Hund!« geklemmt. Dabei haben die doch gar nichts zu befürchten! Wer will denn was von denen? Die, vor denen sie Angst haben, machen sowieso einen großen Bogen.

Viel gefährlicher dagegen lebt der Alleinreisende. Wie scheues Wild huscht er nachts an ihrem Zaun entlang und wärmt sich an den Ausdünstungen ihrer schlafenden Leiber. Eines Nachts mochte ich mich nicht in mein Zelt begeben. Eine dieser rotierenden Familien lärmte noch in ihrem Caravan neben mir. Ihre Stimmen fügten mir Schmerzen zu. Ich flüchtete über die Brücke ans andere Ufer der Weser.

Erst, indem ich über die Distanz verfügte, vermochte ich wieder ruhig zu atmen. Nach Mitternacht ging ihr Kreischen und Rufen in ein nur langsam abklingendes Grunzen über, das sie aber selbst im Schlaf nie ganz verließ. Ich lag mit offenen Augen in meinem Zelt und registrierte mit derselben Anspannung den Verlauf ihres Schlafs, mit der ich beim Paddeln den Zustand des Wassers in mich aufnehme.

Am nächsten Tag weiter per Fahrrad und der Bahn. Die Ereignisse überstürzten sich. Es schien alles gut anzufangen. Der Gepäckwagen hielt genau vor meiner Nase, freundlich nahm jemand das Rad entgegen, gab es mir aber schon gleich wieder zurück, als ich meinen Zielort nannte. »Dieser Zug nicht, der nächste.« Der nächste kam eine Stunde später, ich hatte derweil mein Fahrrad abgeschlossen. Als der Zug einrollte, fand ich die Schlüssel nicht, und der Gepäckwagen war diesmal genau am anderen Ende des ersten langen Zuges. Ich zerrte das Fahrrad im abgeschlossenen Zustand hinter mir her, hörte die Speichen klappern und die Kommentare von Passanten. Von den Fenstern aus beobachtet, kannte mich jetzt der ganze Zug. Schließlich hatte er meinetwegen Verspätung.

In Köln klappte alles mit dem Fahrrad, aber ich selbst quartierte mich falsch ein. Ich beging einen Kardinalfehler: Ich saß in einem Liegewagen. »Sie muß ich gleich bitten, den Wagen zu wechseln, das ist ein Liegewagen«, sagte der junge Schaffner, dem ich gerne eins auf die Mütze gegeben hätte. Auch aus dem nächsten Wagen vertrieb er mich, und auch aus noch einem, denn jetzt fing er noch zusätzlich an, mich nicht zu mögen, bis er mich so weit von meinem Fahrrad entfernt hatte, daß ich in Koblenz dieselbe Zeit brauchte, um zum Gepäckwagen zu gelangen, die der Zug hielt. Ich bekam es aus dem fahrenden Zug noch hinausgeworfen.

In dem Zug nach Trier, der noch kürzeren Aufenthalt hatte, wollte der Gepäckwagenaufseher es partout nicht annehmen, bevor ich die Gepäcktasche abgeschnallt hatte. »Das ist doch mein Gepäck«, rief ich. »Das ist Vorschrift«, bekam ich zur Antwort. »Vorschrift?« schrie ich und riß die Tasche vom Gepäckträger, daß die Tragriemen nur so flogen. »Ich zeig' Ihnen mal, was Vorschrift ist. Hier auf der Banderole steht schwarz auf weiß: ›Außer der Satteltasche und am Innenrahmen befestigte Gepäckstücke ist alles vom Fahrrad zu nehmen!« »Ist das etwa keine Satteltasche?« »Nein, das ist Pupes, *das* ist die Satteltasche«, brüllte er zurück und deutete auf die kleine Werkzeugtasche.

Niedergedrückt saß ich auf dem Klappstuhl im Gang und machte mich ganz klein, damit nicht noch mehr passierte. Dieser Hinweis hatte mich wirklich erschlagen, und zwar, weil er richtig war. Dabei hatte ich gerade die Banderole vor Antritt der Reise beflissen auf ihre sprachlichen Details hin studiert, um bei so einem schwierigen Unterfangen, wie dem, ein Fahrrad von Minden nach Trier im Gepäckwagen zu befördern, wenigstens im Theoretischen den Bürokraten gewachsen zu sein, und hatte mich nun bei einer so deutlichen sprachlichen Regelung, die man sich zudem noch gut plastisch vorstellen konnte, so beschämend geirrt.

Jeden Tag ein neues Hotelzimmer. Das bedeutet jeden Tag eine neue Konstellation der Stimmen anderer hinter den Zimmerwänden. Wie werden sie sich heute gruppieren? Ist eine freundliche Stimme dabei? Indem sie sich im Unverständlichen auflösen, werden sie mir vertraut wie das Gebrabbel, das der Embryo durch die Wand des menschlichen Körpers hört.

Der Zufall wollte, daß ich, nachdem ich mir mein Khakihemd mit den Schulterklappen und die passende Hose dazu angezogen hatte, in eine Garnisonsstadt namens Ettelbrück einmarschierte, in der gerade die Schutzmacht USA gefeiert wurde. Da ich, wie ein teurer Mercedes, der viel wertvoller ohne Typenschild wirkt, keine Zeichen trug, die verrieten, welchen militärischen Rang ich einnahm, wurde ich aufgrund der Möglichkeit, ein Generalsanwärter zu sein, von einigen Ettelbrückern aufs herzlichste begrüßt.

Man winkte mir aus den Fenstern zu, ein älterer Herr

machte mir sogar auf der Straße mit einer großen Geste auffällig Platz, und von anderen erhielt ich ein anerkennendes Augenzwinkern. Dafür zog ich mir den Unmut einiger GIs zu, die, jeder eine 14jährige Ettelbrückerin an der Hand, die Ettelbrücker Hauptstraße auf und ab promenierten.

Das Fahrradfahren ist eine gute Übung, sich mit dem Auf und Ab des Lebens anzufreunden. Und ich stelle fest, daß die Hunde immer auf seiten der Autofahrer sind. Den Fahrradfahrer, der doch, tierisch wie sie, an ihnen vorbeistrampelt, bellen sie an mit demselben Blick, den überholende Kraftfahrer Radfahrern zuwerfen.

Nach längerer Rast spüre ich einen ganz persönlichen Kontakt zum Sattel meines Fahrrads. Der guckt irgendwie auffordernd über die Dinge hinaus, nimmt gesichtsförmige Züge an. Kein Wunder, schließlich beißt er mich gleich wieder fürchterlich in den Hintern.

15 Uhr. Die Stunde zwischen Mittag und Nachmittag, in der die Zeit ganz dünn ist, gerade aus dem Mittag entlassen und noch vor der 16-Uhr-Pforte, hinter der sich langsam der Abend auffüllt. Schwebezustand der Zeit, in der die Geräusche dem Gewesenen und dem Kommenden angehören, ausklingende Geräusche und Geräusche in gemächlicher Vorbereitung auf etwas, das einen nicht aufgeregt stimmt. Auch das Licht macht nur Pause. Hinter den weißen Vorhängen zieht es sich noch hinter die Schuppen zurück, in denen die Geräte ruhen.

In dem kleinen Ort Rochefort in den Ardennen. Die Flußkrebse im Bassin des Hotels »La Faye« essen sich gegenseitig auf, während im Café die Menschen ruhig miteinander plaudern. Ich hatte eigentlich vor, mir heute abend Krebse zu bestellen, aber nach dieser Beobachtung ... Das ist auch für einen Flußkrebs zuviel, noch ein zweites Mal aufgegessen zu werden.

Heute habe ich in einem anderen Hotel gebratene Forelle bestellt. Nach zwei Bissen habe ich sie von mir weggeschoben, weil sie schlecht roch. Ich bereite mich jetzt darauf vor, eine eventuell im Morgengrauen zum Ausbruch kommende Fischvergiftung auf französisch mitteilen zu können. Aber in meinem Sprachführer kommen Worte wie »mir ist schlecht« oder »das Essen war vergiftet« nicht vor.

Heute morgen, als ich die Kette meines Fahrradschlosses öffnen wollte, hielt ein Mofa neben mir. Ein dicker älterer Mann, in der Hand einen Haufen Knallkörper, fragte mich, ob ich Feuer hätte. Ich verneinte und beeilte mich mit meinem Schloß.

Von einer Dame aus dem Haus auf der anderen Straßenseite, der er bekannt war, erhielt der Mann lachend Feuer. Er ließ die Knallkörper vor den verschlossenen Fensterläden einer Crêperie detonieren und rief zweimal »Jean«. Dann bestieg er sein Mofa und fuhr wortlos ab. Jean schlief noch.

Heute fiel mir ein kluger Spruch ein: Dem Einsamen gebührt ein Einzelzimmer, der geselligen Menge ein Saal. Er ist ähnlich schlagend wie der Spruch, den ich in meinem Teebuch fand. Dort sagte ein Chinese 500 n. Chr.: »Tee ist besser als Wein, denn man trinkt ihn ohne Rausch.« So klar müssen Sätze schon sein, wenn man sie noch verstehen will, nachdem man acht Stunden geradelt ist.

Auf der Landstraße schoß ein Transporter mit etwa zehn Pkws an mir vorbei. Ich dachte, daß das immer noch besser ist, als daß die Pkws alle einzeln an mir vorbeifahren. Die Fliege, nach der ich schlage, ist jetzt schneller als ich. Als ich anhielt, um die Frau nach dem Namen der Stadt zu fragen, fiel ich, noch bevor ich die Frage gestellt hatte, lang hin. Ich fiel gewissermaßen in die Stadt ein.

Der alte graue Mann, der mir mein Zimmer im »Hotel de la gare« zeigte, grinste auf meine Frage, ob dies das einzige Hotel in der Stadt sei. Noch ein kluger Satz fiel mir ein, als ich mir in diesem miefigen Zimmer im »Hotel de la gare« Gedanken über die Gerechtigkeit machte: Jeder kriegt die Sonne in sein Zimmer.

Um der Hitze zu entgehen, suchte ich heute immer wieder Zuflucht in Kirchen und Supermärkten. In den Supermärkten hielt ich mich bei den Kühlborden auf und faßte die Milchflaschen an, um die Hitze abzuleiten. In den Kirchen luden die Beichtstühle dazu ein, sich wie in Kühlboxen zu verkriechen.

In einer der Kirchen in einem kleinen Ort namens Kuesselare in der Provinz West-Flandern waren die Kirchenstühle sehr niedrig und hatten extrem hohe Lehnen wie Kinderstühle, und allesamt waren sie mit dem Rücken zum Altar aufgebaut, so daß sich dem eintretenden Besucher der Eindruck aufdrängte, die Augen einer unsichtbaren Gemeinschaft von Kindern wären auf ihn gerichtet. Ich begab mich ganz nach vorn zum Altar, setzte mich in die letzte Reihe und hatte das Gefühl, nach vorn zu schauen auf die Eingangstür.

Im Angesicht eines Lichtstrahls, der durch sie hindurchfiel, verblaßte der ganze Altaraufbau zu einer bedeutungslosen Hintergrundlandschaft, und ich fragte mich, ob es nicht viel natürlicher sei, das Eintreffen des Herrn aus dieser Blickrichtung zu erwarten. Wie auch immer, ich genoß die Kühle und begann, begreifend, wozu ein solches Gotteshaus gut war, langsam auf meinem Kinderstuhl einzunikken, als das quietschende Geräusch der Eingangstür tatsächlich das Erscheinen einer Person ankündigte. Ich hörte das eilige Trippeln von Schritten, das Verrücken eines Stuhles, das betonte Spenden von Münzen, das hastige Flüstern von Sprüchen, die in meine Richtung gebetet wurden. Ich fühlte mich angebetet und betete, ohne an meiner Körperhaltung etwas zu verändern, wütend zurück. Mein Gott, dachte ich, so ein großes Haus und dennoch ist hier nur Frieden für eine Person.

Auch sonst wurde ich heute nur vertrieben: Aus den Städten, von den Küsten, aus den Cafés, von den Bürgersteigen. In der Stadt Brügge stellte die Dame von der Zimmervermittlung in der langen Schlange, in der ich stand, genau vor mich ein Schild mit den Worten: »Bis zu dem Herrn vor Ihnen können wir noch was tun, aber ab dort, wo Sie stehen, ist es aussichtslos zu warten.«

Ich fuhr weiter mit dem Fahrrad nach Zeebrugge. Auch dort keine Unterkunft mehr für mich. Das Schiff nach England, die letzte Rettung, um in einem überdachten Raum die Nacht zu verbringen, fuhr nicht, weil die Schiffsbesatzung streikte, und von dem Stuhl in dem Café, auf dem ich das niederschreiben wollte, mußte ich mich soeben erheben, weil hier Eis verkauft werden sollte.

Wunderbar, wie sich die Landschaft gen Norden hin glättet, ihre Unebenheiten abschüttelt und am Horizont nur noch durch einen einzigen Strich vom Himmel getrennt ist. Es geht mir jetzt oft so auf der Reise, daß ich beim Anblick alter Städte das Gefühl habe, daß die damaligen Menschen im Gegensatz zu den heutigen Geschmack hatten, Sinn für Antikes, ein Menschenbild oder eine Vorstellung vom Menschen, die sich in keinem Punkt mit dem Menschenbild berührt, das die an diesen Altertümern entlangströmende Masse unserer heutigen Menschen darbietet.

Natürlich manifestiert sich in den Überbleibseln auch immer nur eine Auslese, und die Mehrheit der Menschen ist bestimmt auch damals so unbedeutend an damaligen Altertümern vorbeigestreift. Auch sehe ich die damaligen Menschen nicht klüger oder schöner oder weniger grausam, aber es ist das ewig Unvollendete des Quirlig-Lebendigen, das sich in der Bedürftigkeit und Unfertigkeit, die dem Lebendigen eigen ist, in ständiger Suche nach einem Endzustand an der zu letzter Form herangereiften und in der Pose der Vergangenheit aufgegangenen Geschichte vorbeischleicht.

Versucht man diesen Widerspruch zu klären, der einem im Angesicht dieser aufeinanderprallenden Menschenbilder befällt, traut man doch mehr dem Beweis, den das Lebendige darbringt, und man kommt zu dem Schluß, daß auch die damaligen Menschen ganz schöne Idioten gewesen sein müssen.

Düsseldorf Grafenberg

Ozon- oder Arschloch?

In gewisser Weise handelte es sich um einen Verkehrsunfall: Während der Polizist wild vor meinem Wagenfenster gestikulierte, betätigte ich, den Kopf bewußt von ihm weggewandt, ebenso wild die Hupe meines Autos, als könnte das Geräusch ihn verscheuchen oder wenigstens meine Frau, die sich nach einer Straße erkundigte, zur Rückkehr in den Wagen bewegen, der zudem noch die Fahrbahn blockierte.

»Liebling«, rief ich, »siehst du denn nicht, daß ich von einem Polizisten belästigt werde?« »Ihre Papiere! Und stellen Sie um Gottes willen jetzt endlich den Motor ab.« »Ich habe sie nicht bei mir. Sehen Sie denn nicht, um Gottes willen, daß ich im Streß bin? Ich benötige Ihre Dienstleistung im Augenblick nicht.«

Zwei Welten kollidierten hier frontal! Einigkeit gab es nur darüber, daß wir beide – der Polizist und ich – fest davon überzeugt waren, daß einer den anderen bei der Ausführung seiner Tätigkeit behinderte.

Dennoch spürte ich Erleichterung, als ich dem Polizisten zur Wache folgte: Dieser Tag hatte mir sowieso gereicht. Es war einer jener fehlgeschlagenen Tage, die man am besten mit einer saftigen Katastrophe beendet, um ihnen – wenigstens im negativen Sinne, zu einem krönenden Abschluß zu verhelfen. Jetzt konnte ich also den Beamten in Ruhe beschimpfen.

Er sagte gerade: »Wie soll ich denn nun feststellen, wer Sie sind«, als meine Frau die Wache betrat. »Liebling, unser neues Apartment ist gleich hier, neben der Wache.«

»Wir sind Nachbarn«, strahlte ich den Polizisten an.

»Herr Soundso«, begann er verdächtig leise, und ich spürte, daß er auf etwas Besonderes aus war, »ist Ihnen eigentlich bewußt, daß, während Sie bei laufendem Motor auf Ihre Frau warten, das Ozonloch dort oben immer größer wird?«

»Jetzt erschrecken Sie mich aber. Ist das wirklich wahr?« fragte ich. »Wie kann ich das wieder gutmachen?«

»Indem Sie, verdammt noch mal, das nächste Mal sofort den Motor ausschalten, wenn Sie auf Ihre Frau warten. Es geht hier ums Überleben der gesamten Schöpfung!«

Der Polizist bebte unter dem Druck des ungeheuren Gewichts, das seiner Botschaft innewohnte. Es war ihm anzumerken, daß ihn das Entweichen des Ozons auf eine spezielle Art tief erschütterte. Das, was es hier mitzuteilen galt, sprengte den üblichen Rahmen. Hier war nicht das Fehlen eines Verbandkastens zu rügen oder ein Parksünder zu belehren. Hier war ein Angriff auf die Schöpfung abzuwehren. Schlagartig hatte sich sein Revier von Düsseldorf-Unterrath auf den gesamten Kosmos ausgedehnt.

So ist es eben: Wochenlang zerstört man friedlich die Umwelt, überschreitet vergnügt die Geschwindigkeit, bis einen der liebe Gott in Gestalt eines kosmischen Wachhunds ausgerechnet in Unterrath in die Wade beißt.

Der Polizist war jetzt so aufgebläht, als wollte er das Ozon, das der Erde entwich, in sich selbst erneuern. Laß die Luft raus, dachte ich und fand, ganz still für mich, daß ein Ozonloch immer noch besser als ein Arschloch sei.

Das Ozonloch war irgendwo da oben, aber das Arschloch war mein Nachbar. Mochten die einen unter einem Loch im Himmel leiden, ich litt unter einem Polizisten, der sich zudem noch eben – als mein Nachbar – zu einer dauerhaften Umweltkatastrophe zu entwickeln drohte.

»Liebling«, wandte ich mich nun an meine Frau, »wäre es nicht ratsam, wenn wir uns, im Interesse unserer Gesundheit, beizeiten nach einem anderen Apartment umsähen? Vielleicht ist die moralische Strahlenbelastung, so ganz in unmittelbarer Nähe einer Wache, doch etwas zu groß!«

Inzwischen haben wir in Leverkusen Quartier bezogen, direkt unter einem Ozonloch. Wir wohnen zwischen Verbrennungsanlagen und Mülldeponien. Herrlich! Hier ist es schon im Februar warm, und niemand verpestet moralisch die Luft. Manchmal lasse ich den Motor meines Wagens laufen, einfach nur so. Das ist doch das Schöne an der Industrie: daß sie uns einen anarchistischen Freiraum sichert!

Und über uns gibt's ein Loch. Gott sei Dank! Denn dahinter weht der freie Wind der Gestirne durch ein unbekümmertes Weltall.

Bali

Wie Bali riecht

Mein Blick ging ängstlich in die Höhe. »Ist man«, fragte ich meine Frau, kurz nachdem wir Bali betreten hatten, »gegen den Schaden, den eine herabfallende Kokusnuß verursacht, eigentlich versichert?« Denn dem, der solcherart in den Genuß der Früchte kommt, bricht mit Sicherheit das Genick. »Wer«, stellte sie die Gegenfrage, »kommt eigentlich dafür auf, wenn du permanent die Opfergaben zertrittst?«

Schon wieder war ich auf eine Gottheit getreten.

Jeder Tourist, der irgendwo auf der Welt ankommt, stellt sich zunächst drei Fragen: »Ist es hier schön? Wo kann ich übernachten? Wo gibt es Bier?« Die Blickrichtung ist in der Regel horizontal. Selten schaut man nach oben, noch seltener auf den Boden. Hier unten aber, in den Mulden des Lehmwegs, auf Kantsteinen und an Kreuzungen, zwischen Hundekot und Hauseingängen findet Bali statt. Ein Opferschälchen aus Bananenblättern, Blütenblätter darauf, ein paar Reiskörner, ein Räucherstäbchen, viel Orange, etwas Gelb, auch Violett und Dunkelbraun. Wessen Auge nahe genug herangeht, sieht Bali en miniature: herabschwingende Reisfelder, das hauchzarte Grün der Setzlinge, das Ocker der Hindutempel – und mitten dahinein war ich getreten.

Nichts ist dem Zufall überlassen; die Anordnung der Reiskörner: *wie* zufällig, bewußt ungeordnet, dem Lauf der Dinge abgeguckt und behende gefolgt, so wie die Reisterrassen dem Lauf der Berghänge folgen und ihre Bewässerung dem Lauf der Quellen; ein sanftes Handanlegen nur, ungebrochen der Wille des Bergs, des Wassers, deren Eigenbewegung respektiert und behutsam geführt... Ein langer Blick auf dieses Opferschälchen – und man hat Bali gesehen. Die Winzigkeiten, die das Schälchen birgt, sind voller Zeichen; sie sind vereinzelt und losgelöst von ihren alltäglichen Bedeutungen, voll von Kraft und Aussage. Sie sollen Dämonen fernhalten, Rangda zum Beispiel, die Hexenfürstin und ihre Gehilfinnen, die Leyak, die ihre böse Kraft in der Nacht entfalten.

Geweihte Reiskörner, auf die Frontscheibe des Bemos gestreut, können Leben retten. Der Fahrer selbst tankt an kleinen Tempeln neue Kraft, während sein Kleinbus, oft ungetankt, mit Vishnus Hilfe ins Ziel rollt. Und hier will ich – gegen herabfallende Kokusnüsse versichert sein!

Es gibt, soweit ich weiß, in der balinesischen Hindu-Dharma-Religion keinen Dämon, der sie herabwirft. Im Gegenteil: Gastfreundliche Balinesen spazieren fast waagerecht die Palme hinauf, trennen schwungvoll die Nuß vom Stamm und rollen sie uns als Geschenk vor die Füße. Palmen, wie man weiß, haben immer die Tendenz, senkrecht nach oben zu wachsen. Sie begegnen der Sonne im Zenit. Es ist, als zöge die Sonne die Palmen am Schopfe aus dem Boden. Zwingt die Palmenwurzel den Stamm in die Schräge, macht er einen abrupten Knick und schießt wieder in die Höhe. Der europäische Baum dagegen streckt – als müßte er um Hilfe rufen – seine Zweige und Äste zum Horizont hin, über dessen Rand nur knapp die Sonne schaut.

Den Blick nach unten also zuerst, dann nach oben. Und dann die Frage: »Wie riecht das Land?« Schon im Flugzeug hatte ich mir vorzustellen versucht, wie Bali riecht. Wie Bombay riecht, werde ich nie vergessen. Auch Düsseldorf hat einen bestimmten Geruch. Aber auf dem sattfeuchten

Untergrund tropischer Luft hinterlassen Geruchspartikelchen fast greifbare Spuren. Der tropische Wald riecht nie frisch. Die Frische ist der kürzeste Abschnitt im Leben einer Frucht. Ihr eigentliches Leben beginnt mit der Fäulnis. Aus den Rückständen errate ich die Herkunft: Mango, Salakka, Papaya, Rosenapfel, Rambutan. Noch lange, nachdem der Marktplatz geräumt ist, entfalten die Dinge ihre subtilste Qualität. Die Wiedergeburten, die Geister der Dinge: In den Gerüchen sind sie präsent.

Goa Lawah – Balis übelriechendes Heiligtum.

Wie der After des fernen Berges Gunung Agung streckt sich eine stinkende Grotte im Kalksteinkliff dem Meer entgegen – Tausende von Fledermäusen stehen hier Kopf – und entlädt ihren beißenden Geruch in die ehrfurchtsvolle Menge. Das arme Tier nun, nicht ganz Vogel, nicht ganz Maus, das im Kopfstand kopulieren muß und heilig ist, stößt sich nur kurz ab von der hängenden Gemeinschaft, um die Brillengläser zu neugieriger Touristen mit einem feinen Urinstrahl zu überziehen. Zwei mit Exkrementen übersäte Schreine führen in ein weitverzweigtes Höhlensystem, das angeblich den Berg, Heimstatt der Götter, mit dem Meer, der Sphäre der Dämonen, verbindet. Hier also wird uns der Kot auf dem Altar präsentiert. Warum? Weil alles Verwesende auch Brutstatt neuen Lebens ist? Ein Tor, durch das Altes aus- und Neues einziehen kann? In der sogenannten Stinkfrucht ist diese Ambivalenz botanisch auf den Punkt gebracht. Eine gefährliche Frucht, man genießt sie im Separée, und ein gleichzeitiges Erbrechen und Entzücken packt den Konsumenten.

Stellen Sie sich vor, Sie lebten in einem Land ohne Jahreszeiten. Kein Herbst kündigte das endgültige Sterben an, kein Keimling regte sich aus dem Nichts. Die kleinen Abweichungen in der Pflanzenwelt würden Sie nur als Wechsel der Erscheinungen deuten, es gäbe keinen Tod und keine Geburt, nur pausenloses Wiedergebären. Die tropischen Verhältnisse sind somit auch Geburtshelfer des Hinduismus. Stirbt etwa das Küken, dem der Trancetänzer den Kopf abbeißt? Es zuckt doch, erfüllt den Tänzer mit neuem Leben! Und das Hängebauchschwein, das die Priestergehilfen zum Verzehr entführen? Quiekend sieht es seiner Verwandlung entgegen, es wird ja von seinem fetten Leib befreit.

Die Verbrennung einer Leiche setzt – verzeihen Sie! – die Seele frei. Auch das ist ja zunächst eine Geruchserfahrung. Die der Glut entschwindende Seele dringt süßlich zu den Schleimhäuten der geladenen Gäste vor. Freudig erregt betritt der Wirt mein Zimmer. Ein junges Mädchen sei gerade von einem Bemo zerquetscht, er sei überglücklich, mir nun endlich eine Leichenverbrennung bieten zu können.

Diese – für uns durchaus unschöne – Zeremonie ist auch etwas fürs Ohr. Ein zügiges Abknistern des Fleisches, ein schwungvolles Zerknallen und Zerstieben, eine energische Verwandlung in Flammen und Rauch, kein zermürbendes Kauen von Würmern wie etwa in Europa. Die Verwandten und Freunde lachen, beobachten heiter die Destillation, die Umsetzung des Fleisches in reinen Geist. So lebendig war der Tote schon lange nicht mehr. Wieder ist eine Seele geboren! Und wenn endlich der Verbrennungsturm mit seinem mehrfach gestaffelten Pagodendach in sich zusammenstürzt, mitsamt der Leiter und dem Sarkophag, dann ist es, als würde die Kraft der Seele auch noch die Welt unter sich ausblasen, die sie getragen hat.

Dem allen nicht unähnlich verläßt der Darsteller des Barong seinen Körper, wenn er die Stellungen wechselt.

Nicht Schattierungen einer einzigen Person führt er uns vor, vielmehr springt die Seele von Körper zu Körper, jede neue Haltung ersetzt die alte komplett, hundertfache Leben durchziehen den Tanz, sind es Menschen, Tiere, Dinge? In der maskenhaften Mimik wird die Verwandlung besiegelt, etwas Neues kann entstehen. Das abrupte Rollen der Augen, das »Einzucken« der Glieder zeigt uns: Hier wird übergangslos reinkarniert. Kein Blick muß sterbend ausklingen, kein Lächeln frühlingshaft erwachen, kein Ankünden, kein Nachhall, nicht diese langen Wartezeiten des Nichtseins wie auf abendländischen Bühnen, in denen jede Figur so quälend entsteht. Auch jede Zwischenregung ist hier ein vollständiges Sein, hat seine komplette Gestalt.

Darunter liegen die Klänge des Gamelanorchesters. Auch sie ohne Anfang, ohne Ende. Es ist, als blendete man sich ein in den ununterbrochenen Strom der Gongs und Bombungs, der Kendangs und Reyongs, und vergeblich sucht man einen uns vertrauten Beginn: Nichts schwillt zu einem Höhepunkt an, und wenn man bei plötzlicher Verlangsamung des Rhythmus meint, das Ende zu wittern, versorgen die Kendangtrommeln den Strom schon wieder mit neuem Leben.

Es geschah mir in einem der Vorhöfe der Pura Besakih, Balis Muttertempel – ich saß auf den Steinstufen vor einem Pavillon und beobachtete Arbeiter beim Aufstellen eines Gerüsts –, daß ich die Geräusche ihrer Arbeit, das Hämmern und Schlagen der Stangen nicht mehr von den Klängen eines im Hintergrund spielenden Gamelanoorchesters zu unterscheiden vermochte; oder auch zu unterscheiden brauchte. Es war ein erweitertes Konzert; entweder war das Spiel der Gambu-Musiker dem Leben entliehen, oder die Arbeit am Gerüst war komponiert.

Schon optisch verschmilzt in Bali der Musiker mit seinem Instrument. Hier hält kein Konzertant ein zappelndes Gerät in der Hand, niemand kämpft mit seinem Cello. Die Musiker wirken so, als säßen sie in ihren Metallophonen und Gambangs, oder als setzten sich ihre Körper in ihren Instrumenten fort.

Gamelan ist die Musik vom ewigen Sein. Wer noch nicht »weich« genug ist für diese Art von Musik, der kann sich an den Stränden von Kuta und Candi Dasa massieren lassen. Platt wie eine Flunder liegt er ausgestreckt und läßt sich das Ich aus den Muskeln kneten, bis er in Farbe und Form dem Strand angepaßt ist. Auf diese Weise wehrlos gemacht, sieht er sich von Händlern umringt, die ihm Batik und Uhren vor die matten Augen halten, die Masseuse drückt dann einen bestimmten Wirbel, und er nickt wie von selbst.

Auch Hähne werden hier übrigens massiert (nicht etwa Hühner), nämlich vor und nach einem Kampfeinsatz, und zwar so sinnlich, daß Marion, eine radikale Feministin aus Cuxhaven, ihren Abscheu artikulierte: »So zärtlich behandelt kein Hindu seine Frau«.

Auch den Kulkul mochte Marion nicht; als präpotent und sexistisch beschimpfte sie den kleinen animistischen Kerl, eine holzgeschnitzte Figur mit auf- und absetzbarem Glied (in Übergröße), auf die bei Festlichkeiten getrommelt wird. In Tenganan, dem »Bali Aga village«, das zusammen mit dem Batur-Dorf Trunyan zu den letzten Ortschaften Balis gehört, in denen prähinduistische Kultur lebendig geblieben ist, werden die kleinen Potenztrommler zunächst penislos offeriert. Gesondert sucht man sich dann den Passenden aus. Und wenn die Bali Aga-Frau ganz unschuldig verschmitzt »Paßt er?« fragt, breitet sich Heiterkeit aus, wie aus vorprüder Zeit. Das meterlange Glied eines menschlichen Kulkuls, das den Innenhof einer Hotelanlage schmückte, wurde übrigens jeden Abend – pünktlich zum Essen – vom Personal eingezogen, vielleicht aus Rücksicht auf Menschen wie Marion. In Anbetracht dieser stolzen Offenheit erstaunte es mich eines Abends, in der »Jakarta Post« als fettgedruckte Überschrift zu lesen: »Electricity reduces birthrate«.

Obwohl sich jeder Balinese beeilt, vor Einbruch der Dunkelheit sein Haus zu erreichen – denn Dunkelheit gilt als Brutstatt allen Unheils –, scheint doch ein gewisses Mehr an Licht auch die Lust zu töten, es sei denn, man betrachtete den im Dunkeln gezeugten Menschen nur als weiteres Glied in der leidvollen Kette der Reinkarnationen.

Als meine Frau und ich in Gilamanuk die Fähre nach Java betraten, ruhte mein Blick noch einmal auf der hochhängenden Kokusnuß. Hinduistisch betrachtet, käme ihr tödlicher Schlag einem Gnadenakt gleich und der Versuch, sich gegen ihn zu versichern, einer Todsünde, dachte ich, und wenn man nur lange genug unter einer Palme ausharrte... »Paß auf, wo du hintrittst.« Meine Frau stieß mich an. Schon wieder war ich in eine Gottheit getreten.

Frankenwald

Von Forellen und Franken

Das Blut spritzt meiner Tochter ins Gesicht. Ein zweiter Schlag mit dem Messerknauf, und ich gebe der Forelle den Rest. Das ist Papas Privatlektion in Sachen Überleben. »Siehst du«, belehre ich meine Tochter, »die Forelle stirbt, und Papa überlebt.«

Wir befinden uns im Frankenwald. Will ich meinem Kind plausibel machen, warum Inge schon mit fünfzig an Brustkrebs starb, warum Emil und Herrmann dauernd husten und Rudi schon mit vierzig Invalide ist, warum diese geschundenen, knorrigen Männerhände nur mehr Bastschuhe flechten, warum Paula Zucker und einen Buckel hat und fast jede Familie einen Sohn, der sich im Vollrausch zu Tode fährt, dann knöpfe ich mir die Forelle vor.

Die Forelle ist ein richtig fränkischer Fisch, insgesamt aber etwas schlanker und schneller als der Franke. Sie ist, solange sie durch den Wildbach flitzt, im Gegensatz zum Franken ein guter Überleber; sie überlebt den ganzen Tag, indem sie andere daran hindert. Sie ist fürchterlich brutal, grenzenlos hungrig und schmeckt selbst auch nicht schlecht. Sie verdiente, hätte man ihren Überlebenshunger nicht durch Teiche gebremst, den Titel: Sieger des Frankenwalds.

Nur auf dem Teller wird es still um sie. Man einverleibt sich das Tier à la carte, spült es mit zwei Maß in die Därme und leistet solcherart seinen Beitrag zur Erhaltung der eigenen, der fränkischen Art. In einer sanften Wiesenmulde, zwischen zwei Tannenhügel gebettet, liegt der Gasthof »Zur lustigen Forelle«. Das ist natürlich zynisch gemeint, denn hier überleben wir. Vor dem Essen tritt der Gast an den Teich, entnimmt ihm mit einem Netz seine Mahlzeit, darf sie mit Leidenschaft töten, aber dann – leider – nicht selbst zubereiten. Jetzt wird die Forelle erst richtig gequält, in einen Bierteig gezwängt, besoffen gemacht (keineswegs blau), und, um den Fisch noch im Tod zu demütigen, werden als Beilage Klöße gereicht.

Der Kloß ist das als Beilage getarnte Hauptgericht der Franken. Schon das Wort bleibt einem im Hals stecken. Das, womit andere Völker werfen, wird hier gegessen. Von Maurerhand geformt, groß und mit Soße, unförmig wie ein Meteorit, schmeckt er (dem Franken) und schlägt genauso ein. Nach mindestens fünf Klößen wird der Franke ruhig, und Friede erfüllt das Haus. Der Kloß selbst kann nichts dafür, daß er dem Franken so ähnlich sieht, aber wenn einem der Franke mitunter wie ein fleischgewordener Kloß erscheint, muß man die Ursache dafür wohl im Kloße suchen. Schon die ganz kleinen Franken rollen einem kloßartig entgegen. Sie werden hier mancherorts mit verdünntem Bier gestillt (das Bier wird dabei vorher erwärmt), und von irgendeinem Nachbardorf geht das Gerücht, es werde dort eine Kuh gezüchtet, die Bier statt Milch gebe, indem man der Wiese, auf der sie grast, den besonders bierhaltigen Kot der Oberfranken zuführe. Deren Pro-Kopf-Bierkonsum liegt nämlich extrem über dem Durchschnitt. Die besondere Bierhaltigkeit des Oberfranken verleiht ihm, in Verbindung mit dem Gewicht der Klöße, die nötige Schwere, die er braucht, um diesen Landstrich sicher zu bestehen.

Meinem bierhaltigen Dachdecker – ich vergaß zu sagen, ich besitze hier ein winziges Haus – helfe ich zuweilen bei der Arbeit, indem ich ihn ein bißchen halte. Mein Häuschen – es steht am Hang – neigt sich etwas nach vorne, so etwa, als müsse es sich ständig ins Tal erbrechen. Der Blick durch das Fenster hinunter ins Tal und wieder hinauf zu den Tannen ist wunderschön und macht besoffen: Tannen, so weit das Auge reicht, mal weiß, mal blau, je nach der Jahreszeit, wogende Wipfel, auf und ab; auch ich, der Kapitän, mal weiß, mal blau, so stehe ich am Ruder meines kotzenden Hauses – ein bewegender Wellenritt durchs fränkische Mittelgebirge.

Gäste in meinem Haus, besonders die schweren, bitte ich, ihr Gewicht auf die hinteren Räume zu verlagern. Es gibt ohnehin nur Platz für meine Frau, meine Kinder und zwei weitere Personen. Ich halte also das Ruder, meine Frau die Kinder, und die Gäste halten die Maßkrüge hoch. So wird das pure Wohnen zu einer Abenteuerfahrt durch Berg und Tal, ein Wohnen, das erst einmal überlebt sein will.

Noch um vier Uhr ist bei Paula Licht.

Die Aussicht auf eine schlaflose Nacht macht sie hellwach um diese Zeit. Dies ist die Stunde ihres Gehirns, von der sie sich tagsüber auf dem Küchensofa erholt. Der späte »Tatort« hat ihr wieder den Schlaf geraubt. Ihr Blick streift über die Wipfel des Tannengrunds und von dort durch die Hallen ihrer Kindheit – auch dort derselbe Blick: dieselben Wipfel, schneebedeckt und dunkelblau. Der Frankenwald. Einmal nur die Lüneburger Heide sehen! Das wünscht sie sich. Am Tage starrt Herrmann in dieselbe Richtung, ein anstrengendes Sehen, von dem die Augen rot sind, weil die Anhöhe gegenüber ihm die Fernsicht verstellt.

Er schaut auf die Uhr. Gleich wird die erste Taube über den Bergsaum hüpfen, gefolgt von den fünfzehn anderen. Die hat ein Freund in Arnheim ausgesetzt. Jetzt wollen sie zurück zu Herrmann. Es gibt, fühlt er dumpf, auch ein Sehnen in seine Richtung. Zeit für mich, den Kaffeetisch abzuräumen, bevor sich die Taubenärsche über meiner Terrasse entleeren. Man kommt sich hier sonst so bekleckert vor, am ehemals äußersten Rand von Deutschland. Wenn Herrmann nett ist und weil er weiß, daß ich Tauben mag, drückt er einer den Hals zu und den schlaffen Vogel dann mir in die Hand. »Das schmeckt«, sagt er, »aber mit Klößen!«

Ich liebe die Menschen hier. Sie geben ihr Letztes.

Manchmal ist es tagelang still. Doch dann verkündet das heisere Bellen des nachbarlichen Schäferhunds das Nahen zweier Kreaturen. Es sind Wolfram und Diederich, das trunkene Brüderpaar, das mir helfen will, egal wobei. Wir hieven ein Möbelstück die enge Treppe hinauf und bleiben alle drei stecken. Die Brüder entschlafen sanft, und ihre Ausdünstungen fressen sich in meinen Putz. Es gibt kein Vor und kein Zurück – das ist der Frankenwald.

Der Schäferhund überlebt alle, Forellen und Franken. Er hat das biblische Hundealter von 25 Jahren schon längst überschritten, während der Zwinger um ihn herum zerfällt. Sein tiefdeutsches Pflichtgefühl läßt ihn nicht sterben. Jedes Jahr, Anfang August, dringen aus der Tiefe des Tannengrunds die schwermütigen Weisen des Heimatfestes an sein Ohr und motivieren ihn neu. Dumpf grollende Sehnsüchte lassen das Bierzelt erzittern und widerhallen im fränkischen Schiefer. »Heimat, süße Heimat.« Die kann hier nicht sein, die liegt woanders. Vielleicht in Thüringen oder weiter hinten in Schlesien oder Pommern. Pommern kennt Paula. Von der Kinderlandverschickung. »So groß sind die Äpfel da, und die Wuascht liegt so dick auf dem Broud.« Weil die drei Wochen in Pommern die schönste Zeit ihres Lebens waren, wird sich Paula immer nach Pommern sehnen. »Heimat, süße Heimat.« Das Sehnen schwillt drei Tage an, man steht auf den Tischen und schwenkt die Maßkrüge, bis der Blitz ins Elektrische trifft. Regenschauer reißen das Zelt um. Man entleert die Blase ins Dunkle und beginnt von neuem mit dem Gesang, gepackt und geschüttelt von einem gewaltigen Überlebensrausch. Uns kriegt keiner kaputt.

Vielleicht verliert das Hundeleben nun bald seinen Sinn. Da die Deutschen wiedervereint sind, sind die Franken vorgerückt. Direkt in die Mitte. Jetzt hat sich die »Wacht an der Grümpel« erübrigt, und der Hund kann endlich sterben.

Aber die Forellen, die fühlten sich durch die Grenze ohnehin nie gestört, und, da bin ich hundertprozentig sicher, ein wiedervereintes Deutschland werden sie auch überleben.

Kastilien

Menschliche Nähe rückt zu Leibe

Wer mit einer Spanierin verheiratet ist, kennt das vielleicht: Fast jeden Morgen dieselbe Traumschilderung, der leicht gehetzte, leicht selige Ausdruck im Gesicht – das Entrinnen in letzter Sekunde; der kleine Schwarze war wieder da, der mit den Hörnern, nicht der Teufel, schlimmer, der toro, der Stier, der jugendliche, kraftstrotzende, der kollektive Geliebte der Spanier hatte wieder auf der Bettkante gesessen. Wieder hatte er sie durch die engen Gassen der Altstadt gejagt, ihre Zehen gestreift, währenddessen sie ein horrendes Entzücken aufkreischen ließ. Leicht indigniert vernimmt man den aufgeregten Bericht, hatte man selbst doch nur von der Loreley geträumt oder höchstens von leicht bewegten Wipfeln deutscher Wälder.

Es verblüfft mich immer wieder, wie komprimiert sich ein ganzes Land in die Gene frißt, nicht als Klischee (als solches aber kommt es bei uns an), sondern essentiell. Man hat nicht nur die Frau im Bett, auch das Land liegt mit dabei.

Wir knöpfen uns den Geliebten vor – nehmen die Frühmaschine nach Madrid, konstatieren: Der spanische Taxifahrer, der uns zum Frankfurter Flughafen fährt, beherrscht die deutschen Flüche noch nicht ganz so perfekt wie sein ehemals in Essen-Steele arbeitender Kollege, der uns in Madrid von Barajas ins Centro chauffiert; wir stürzen uns ins Gemenge an der Puerta del Sol, fressen uns rund um die Plaza Mayor durch die Tascas und Tabernas von Tapa zu Tapa, trinken uns von vino zu tinto, bis uns der Geliebte zu den Ohren herauskommt, und stellen dennoch fest: Hier ist er nicht; daheim ist er geblieben in den Ritzen des Ehebetts oder in den Träumen der Ehefrau, die wir nie verstehen werden. Hier finden wir nur die müde Imitation der Erregung, die der Stier verursacht, das zum groben Abziehbild erstarrte Echo, eine Finte, eine Attrappe, eine Falle, in die Touristen gerne gehen. In den »Las Cuevas de Luis Candelas« kostet eine Ration Pulpo soviel wie ein Hauptgericht im Landhaus Scherrer an der Elbchaussee.

Der Preis weckt Vertrauen bei den Amis, nicht der Pulpo. Als eine Gruppe amerikanischer Senioren meiner »patatas alioli« gewahr wird, löst der Anblick der Mayonnaise unverhüllte Freude aus. »What's that?« schallt es im Chor. Es ist, als hätte ihnen das fette Zeug einen Spalt Aussicht auf die Heimat eröffnet.

Ich liebe Amerikaner. Wo immer sie sind, strahlen sie die immergleiche augenzwinkernde Vertrautheit mit dem Fremden aus. »Things are strange, we know it.« Diese Vertrautheit wirkt wie eine Impfung: Das Fremde wird unfremd und damit amerikanisch. Das Exotische wird so auf das erträgliche Maß eines Kanarienvogels im Käfig reduziert.

»Hemingway was not here« lautet – in großen Lettern – die Warnung über der Eingangstür einer Bodega, damit spielend, daß nunmehr nur im Weglassen einer abgenutzten Attraktion größere Exklusivität enthalten ist. Daß die Senioren sich in freundschaftlicher Hinwendung nicht schon altspanisch kostümiert haben, grenzt an ein Wunder. Das besorgen die »La Tuna« für sie, spanische Studenten, die in königlicher Aufmachung die Eingänge zu den Tabernas blockieren, um sich ein paar Peseten zu erbetteln. Man findet sie auch öfter in den Vorräumen der Toiletten, wo sie zur Verrichtung ihrer Notdurft ihre umständlichen Kostüme vollständig ablegen müssen.

Rund um die Plaza Mayor sind in den besseren Mesones und Restaurants Kadaver ausgestellt. Deren Verarbeitung sowie die von Innereien ist auch eine Art, den Tod überwinden zu lernen. Auch nach einer liebevollen Tötung ist es noch schön, das Cochinillo, das Schweinchen, wie es zärtlich heißt, oder besser: Erst dann wird er schön, der unzerstörte Leichnam des Ferkels mit dem blassen Teint; ein dünner rötlicher Schlitz im Bauch hat es geadelt und sozusagen zu Tode erweckt.

Fragend aus der Tiefe des Nichtseins schaut uns der Lammkopf an, das Hirnchen blutet noch, als würde es noch nachdenken. In der Anhäufung von Innereien – Herzchen, Nierchen, Hirnchen, Hoden bilden lustvoll neue Strukturen – und ihrer kunstvollen Anordnung in den Auslagen geht das Leben über sein Individuelles hinaus und findet zu seinem unsterblichen Sinn: der Genießbarkeit. Ganz in katholischer Tradition will man auf die Unsterblichkeit der Seele nicht bauen und führt vielmehr den vitalen Wert der sterblichen Reste vor. Die Auferstehung des Fleisches hat physisch zu erfolgen. Und weil es keinen Tod in Spanien gibt, weil alles brennt, alles lebt, empfindet der ruhebedürftige Deutsche, besonders, wenn er aus Emden stammt, das unstete Treiben schon bald als Zwicken und Zwacken an seinen Nerven.

Wer jetzt Erholung braucht, betrachte die Alten und die Tauben in ihrem ewigen Zusammenspiel. Diese picken so gleichmütig und gelangweilt die Brotkrumen auf, wie jene sie ihnen hinwerfen, als seien beide nur noch unwillige Erfüllungsgehilfen im alten Städtespiel vom Taubenfüttern, als seien sich beide ihrer eigenen schrecklichen Ungenießbarkeit bewußt.

Wer mit einer Spanierin verheiratet ist, hat bestimmt

auch einen Schwager in Madrid, der eine Cousine hat, deren Tante eine Eigentumswohnung bewohnt, die an der Avenida Ciudad de Barcelona liegt. Wie schon ihr Name ist auch die Straße endlos lang und so breit, daß man sie besser mit einem Taxi überquert. Hinter der gläsernen Eingangstür der Nr. 108 findet der Deutsche, was er jetzt braucht; einen breiten Cord-Sessel in der Empfangshalle und eine männliche Concierge, die ihn nach außen hin abschirmt, wenn er sie nur demutsvoll grüßt.

Dies ist der Augenblick der Besinnung – bevor die entfernten Verwandten der Verwandten der Frau zur nervenzerreißenden Begrüßung erscheinen. Es wird dann erbarmungslos geküßt, auf beide Unterkiefer, das weiß er schon, auch von Knaben, da kennt der Spanier kein Pardon.

Klassisch streifen ihn, der mit einer Spanierin verheiratet ist, die Bewohner des Hauses. Hinter aufgesetztem europäischen Aussehen wittert er schnell die römischen Kasten, die iberische Seele; die virilen, die leidenschaftlichen, die verwegenen Spanier werfen stolz ihr Haupt zurück, auch wenn sie dafür nur die Mittagspause nutzen. Der frisch eingeflogene Westgote, der mit Schnee an den Stiefeln breitbeinig den Cord-Sessel okkupiert, fühlt sich jetzt groß und blond und fett. Die militante Architektur der ineinander übergehenden Wohnblocks mit den ehemaligen Offizierswohnungen wirkt beruhigend auf seine ordnungsbedürftigen Sinne. Jede dieser zu hochwertigen Eigentumswohnungen umgerüsteten pisos darf höchstens zwei, in der Regel nur ein Jahr gemietet werden – und soll am liebsten gekauft werden.

Mieten ist in Spanien verpönt. Wer unbedingt mieten will, wird mit dem Schreckenskabinett einer neubarocken Wohnungsgarnitur aus dem »Cort Ingles« bestraft, die er bewohnen muß; und gekündigt wird er, wenn er die Papierblumensträuße und Kristallüster hinter den Spiegeln der Kleiderschränke versteckt. Er kann ja in die Vororte ziehen, nach Torrejon vielleicht, da wohnt er im Schutz amerikanischer Soldaten und bekommt das piso schon für drei Millionen Peseten. Schließlich hat Madrid für jede Klasse Mensch einen bestimmten Vorort bereit.

Wer mit einer Spanierin verheiratet ist, darf jetzt nicht die Begegnung mit dem padre scheuen, dem Verursacher der weit verzweigten Sippschaft. Dazu begibt er sich nach Alt-Kastilien in ein kleines Dorf, unweit der Ufer des großen Duero. Dort wartet man schon. Die fünfzehnköpfige Nachkommenschaft entreißt ihm das halbdeutsche Kind, sofern er es im Handgepäck mit sich führt. Er beugt sich tief hinab zum padre, der sich bewegt umarmen läßt, und bemüht sich beim Aufrichten mit dem Kopf nicht an die chorizos zu stoßen, die zum Trocknen von der Decke hängen. Der madre verspricht er neue Zähne und neue Fenster für den Winter.

So ein padre kann wirklich klein sein, herzlos und giftelnd im erfrischenden Wechsel; seine Kinder aber werden die nutzlose Drohne belächeln und ihm seinen bescheidenen Terror verzeihen, den er am Herd ausübt: Er bleibt das Kernstück der kastilischen Steppen. Ohne seinen biologischen Erstschlag hätte nichts begonnen. Ihm obliegen keine Unterhaltspflichten, er ist padre, das genügt.

Die Familie bleibt unbestritten die wichtigste Instanz in Spanien. Während sich in Deutschland der unterhaltsberechtigte Sohn frühzeitig in einer Zweierbeziehung separiert und die Tochter sich kinderlos selbstverwirklicht, ziehen sich feste Fäden über den rauhen Landstrich vom armen Schafhirt im Dorf, der so reich an Kindern ist, bis in die häßlichen Vorstädte von Madrid, in denen die Söhne und Töchter wohnen, und bilden eine eigene geographische Wirklichkeit.

Das scheinbar chaotische Treiben in den spanischen Städten, das »Quirlige«, das dem aus Emden so auf die Nerven geht, rührt von der Vielfalt der Verbindungen her, die das soziale Geflecht durchkreuzen, und von der Freude daran, die er, der Emdener, nicht teilt. Hier geht niemand seines Wegs. Die Schritte, die man macht, vollziehen sich innerhalb dieser sozialen Verflechtungen.

Auch innerhalb der Familiengemeinschaft, in der der eingeheiratete Deutsche nun seinen Platz einnimmt, vermißt er ein ihm vertrautes Ordnungsbild. Handlungen werden nicht eingeläutet, klingen nicht aus; das Ende ist immer schon der Beginn. Noch sprechend, das Kinn in die Hände gestützt, sinkt der padre in den Schlaf; noch schlafend deutet im offenen Mund die Zunge schon Hunger an. In beängstigender Gleichzeitigkeit durchdringen sich dann die Ereignisse. Zum Essen stellt man den Fernseher an, als schaltete sich dadurch die Außenwelt zu; keine Nachrichten, nein – die Nachricht ist der Lärm, den »Tom und Jerry« über Kabel fabrizieren. Über Monitor scheint die lärmende Familie an den Ufern des Duero mit dem Hauptstrom des Lebens in Madrid verbunden zu sein, um sich ständig zu versichern, daß es dort noch viel lärmender zugeht.

Wer mit einer Spanierin verheiratet ist, braucht, nachdem er die Familie begrüßt hat, etwas Ruhe. Die spanische Siesta ist immer noch recht lebhaft, und deshalb nimmt er den Dreiuhrbus zurück nach Madrid und begibt sich sofort zur Plaza Santa Ana in die »Cervezeria Alemana«. Der deutschen Exotik ist hier nur der Name entliehen, und auch der noch spanisch abgemildert. Drinnen gibt man sich würdig und betont undeutsch, als wolle man die Befürchtungen, die der Name weckt, angenehm enttäuschen. Von den kleinen Bierfläschchen Marke St. Miguel trinkt der Deutsche vier, und erst jetzt ordnen sich seine Sinne wieder in Richtung der ihm vertrauten Gradlinigkeit.

Er nimmt die Abendmaschine nach Frankfurt und denkt: Es reicht. Denn wer mit einer Spanierin verheiratet ist, erlebt im Whirlpool der Familie an einem einzigen Tag weitaus mehr als der »Fremde«, der sieben Tage lang die endlosen Mauern des Escorials abschreitet, bis es ihm gleich ist, ob es nicht doch der Louvre ist.

Nicht jeder ist mit einer Spanierin verheiratet. Aber dem, der nur wenig Zeit für Reisen und Erlebnisse zur Verfügung hat, sei die Heirat mit einer Spanierin hier dringend empfohlen.

Java

Unter Bremern und Animisten

Kennen Sie die größte aller Reisefreuden, die Freude über all das, was nicht passiert ist, aber hätte passieren können? Die Freude über den nicht gestohlenen Fotoapparat? Die Freude über das Rückflugticket, das durch den herabprasselnden Monsunregen nicht naß geworden ist? Unendlich an der Zahl scheinen die Katastrophen, die möglichen. So wie entgangener Gewinn Verlust bedeutet, entpuppt sich das nicht eingetretene Malheur als Quelle ständiger Bereicherung.

Kein Glück ist anhaltender als jenes, das der Reisende während seines nächtlichen Transports in einem vollgestopften Minibus auf den engen kurvenreichen Straßen Ostjavas empfindet. Der jeden Augenblick erwartete, oft mehrmals kurz hintereinander *nicht* eingetretene Unfall produziert eine unaufhörliche Kette von Wiedergeburten, die dem Reisenden eine tiefe Einsicht in den Buddhismus gewähren, noch bevor er die großen Kultstätten Borobudur und Prambanan in Zentraljava besichtigt hat.

Der Borobudur wurde um 800 nach unserer Zeitrechnung noch während der buddhistischen Sailendra-Dynastie errichtet, während das architektonische Flammenmeer des Prambanan dem Hinduismus huldigt. Hier stehen die beiden wichtigsten Repräsentanten zweier exportierter Weltreligionen für ihre Götter gerade. Die Spitzen der einzelnen Hindu-Candis züngeln zum Himmel empor und breiten ein Meer »ausgebrannter« Quaderruinen um sich aus, das wie Lavamasse diesen einem Vulkan nachempfundenen Tempel umgibt. Erotische Reliefs scheinen den Kreislauf der Wiedergeburt anzuheizen. Der Hindu, so entdeckt man, sieht seiner Wiedergeburt nicht unfroh entgegen.

Wie ungerührt und gelassen dagegen hocken die steinernen Buddhas von Borobudur in ihren Stupas, die sie gegen den Strom der Touristen abschirmen, als hätten sie vor langer Zeit schon deren Erscheinen geahnt. Auch die Gegenwart des fotografierenden Japaners – dem Buddha nicht ganz unähnlich in Mimik und Gestalt – kann ihn nicht aus der Fassung bringen. Lediglich meine Frau verlor etwas die Contenance, als unser deutsch sprechender Guide und Buddhismuskenner ihr erklärte, sie könne unmöglich je den Nirwana-Zustand erlangen, da dazu ihre Wiedergeburt als Mann unabdingbar sei.

Wer, vom hinduistischen Bali kommend, im Morgengrauen Java betritt, verspürt ein leichtes Sinken seiner Stimmung, vielleicht auch nur, weil Java so groß und man selbst so müde ist. Javas Straßen scheinen gerader, die Vegetation aufgeräumter. Kein balinesisches Barock, kein privater Hindutempel; dafür mehr Öffentliches, Kindersammelplätze, Sportvereine, Horte. Hier sind die Menschen in Gruppen erfaßt, nicht in Reinkarnationen. Wer möchte denn gern in einem Verein wiedergeboren werden? Man sagt sich vereint »Guten Morgen«. Schon die Kleinen beginnen zur Trillerpfeife den Tag.

Sicher, auch Buddha und Vishnu mögen die Ursache allen menschlichen Leids in Individualität und persönlichem Ehrgeiz gesehen haben. Aber ob das Tragen roter Einheitsröckchen und weißer Blusen Erleuchtung erleichtern kann?

In Java regiert der Islam. Er hat den verspielten Hinduismus und den abgeklärten Buddhismus ersetzt durch den leicht stupiden Konformismus, der allen Gesellschaften anhaftet, deren Gemeinwesen durch zuviel Bürokratie und religiöse Vorschriften reglementiert wird. Halten wir dem Hinduismus zugute, daß seine Wiedergeburten immerhin Leben bedeuten, so findet in der »Gruppengesellschaft« das Individuum schon zu seinen Lebzeiten den Tod.

Das balinesische Kastenwesen hinterließ eine fröhliche Gemeinschaft von fast 100 Prozent Niedrigstehenden (einschließlich 7 Prozent nicht mehr ernstzunehmender Brahmanen), deren Fröhlichkeit von der ganzen Welt bestaunt (und bezahlt) wird. Das islamische Java dagegen produziert allein in Yogyakarta etwa 15.000 mehr oder weniger arbeitslose Rikschafahrer – eine echte Kaste. In Bali wurde die Rikscha gar nicht erst eingeführt. In Yogyakarta blüht das Sarggeschäft. Selten bin ich von so vielen Sargverkäufern umworben worden – als strahlte ich ein besonderes Maß an Sterblichkeit aus. Ob das Blühen dieser Branche mit den 15.000 Rikschafahrern in Verbindung steht, weiß ich nicht, sicher ist nur: Auch der Kastenlose braucht letztlich einen Kasten (er wird ja nicht wie in Bali verbrannt).

Welcher Kaste aber gehört Uschi an? Wir begegnen ihr auf halber Höhe zum Bromo, Ostjavas aktivstem und attraktivstem Vulkan, als Chefin von »Joschi's Guesthouse«, wobei wir erfahren, daß »Joschi« eine Zusammensetzung aus Jok, dem Namen ihres indonesischen Ehemanns, und Uschi ist. Als Bremer Touristin war sie vor drei Jahren einem Guide gefolgt, erst auf den Bromo, dann in eine moslemische Ehe. »Ich sah ihn«, erzählt sie, »dann brach bei mir der Vulkan aus.«

Uschi gab klare Kommandos in einer Art Bremer Indonesisch, aber auch in Platt wären sie unmißverständlich gewesen. Ihr Übertritt zum islamischen Glauben hatte sich problemlos vollzogen. »Du sagst einfach, Allah ist der größte, und alles ist klar.« Uschis größter Hit sind die Trancetänzer, sechs oder sieben animistische Kerle, die, allen importierten Weltreligionen zum Trotz, mit Peitschen wild auf sich einschlagen, und zwar jeden Sonnabend pünktlich gegen 22 Uhr, nachdem Uschis Gäste das Abendessen beendet haben (ihr Nasi Goreng schmeckt übrigens unverkennbar nach Labskaus).

Die Rituale sind echt, und es wird wirklich geblutet; die »Besessenen« rasten richtig aus und werden durch eingeflüsterte Worte des Priesters wieder von ihren spastischen Zuckungen befreit. Fast noch sensationeller als das Ritual selbst ist, wie Uschi dafür wirbt: »Die fressen mir sämtliche Gläser weg und trinken meine Autobatterie leer.«

Dem Vulkan vorgelagert ist ein gigantisches Sandmeer, durch das es sich angenehm reiten läßt. Die hageren Pferde preschen für 5000 Rupiah (ca. fünf Mark) gut gelaunt über den Sand und möchten in ihrem fröhlichen Galopp nicht unterbrochen werden. Vor dem Vulkankegel werfen sie den Reiter einfach ab, denn sie wissen: Die Stufen durch den ätzenden Schwefelrauch hinauf zum Kraterrand hat sich der Tourist alleine hochzuquälen.

Abgesehen davon, daß bis auf den heutigen Tag gelegentliche Vulkanausbrüche ganze Dörfer hinweggerafft haben, finde ich es immer wieder erstaunlich, wie der Mensch durch das Anbringen von Stiegen und Balustraden oder Aussichtspunkten Naturereignisse in den Griff bekommen zu können glaubt, so als hätte die Tatsache, daß diese Naturereignisse nun der Beschaulichkeit dienen, sie ihrem eigentlichen Zweck zugeführt und sie damit gezähmt.

Jedem alternativen Reiseführer entnimmt man, daß die Betrachtung eines Sonnenaufgangs über einer Vulkanlandschaft zu den einschneidendsten Erlebnissen im Leben eines Individualtouristen gehört. Sowohl im »Café Lava« am Rand des Bromoschen Sandmeers als auch ein paar hundert Kilometer weiter westwärts im Gastraum der »Pension Vogel« am Fuß des Mount Merapi sitzt man also in selbstgestrickten Pullovern bei tibetanischer Musik und mitgebrachten Vollkornriegeln und stimmt sich ein auf das große Ereignis. Man spricht nur im Flüsterton, klar, wegen der Heiligkeit und so... Die Verbissenheit, mit der die Gleichgesinnten dann gegen drei Uhr morgens der aufgehenden Sonne entgegenmarschieren, selbst dann, wenn diese von dicken Wolken verhangen ist, gehört auch zu den Phänomenen des »gesteuerten Individualtourismus«, denen ich so oft auf meinen Reisen begegnet bin. Die hoffnungslose Gewißheit, ein »einmaliges« Erlebnis wieder einmal teilen zu müssen, würde mich allerdings schon am Abend vorher um jede Genußaussicht bringen.

Die Vulkane, die letzten Schwachstellen der Erdkruste, durch die sich das brodelnde Mark hin und wieder Luft verschafft, widersprechen in der Tat jenem gesunden Menschenverstand, der uns einflüstert, wir stünden auf sicherem Boden. Und so muß man wohl sowohl in dem rührenden Anbringen von Leitern als auch in der kunstgewerblichen Ehrfurcht den Versuch sehen, das unheimliche Ding wenigstens spirituell zu bändigen.

In dicken Tagebüchern, die in der »Pension Vogel« ausliegen, ringen Mount Merapi-Besteiger seit Jahrzehnten um Worte des ganz persönlichen Ausdrucks für ihr Erlebnis und gießen dennoch nur die immergleichen Superlativfloskeln neu auf. Einer kleinen Zeitungsnotiz am Schwarzen Brett zufolge war im August 1988 eine junge französische Touristin am Kraterrand gestolpert und in den Tod gestürzt. Interessiert blätterte ich im Tagebuch des Jahres

1988 nach jenem Tag und stieß auf ein trauriges Loch. Bis auf den sentimentalen Vierzeiler eines Engländers (»I heard her last cry«) hatte keiner der ausdrucksbedürftigen Beteiligten auch nur versucht, das Ereignis sprachlich zu verarbeiten – dafür stieß ich auf die bekannten Worthülsen der Begeisterung. Wenn der Vulkan jemanden schluckt, dachte ich, schluckt er ihn komplett.

Die javanischen Touristen, für die der Merapi heilig ist, achten auf gebührlichen Abstand und begnügen sich mit dem Ausblick, den ihnen die Gasthäuser ihrer Sommerfrische am Fuße des Mount Merapi gewähren. Auf einem kleineren Nebenberg ist ein hübscher Naturpark angelegt. Richtige Wanderpfade führen zu einem Aussichtsgipfel. Man erreicht ihn schweißgebadet, gefolgt von leichtfüßigen Javanerinnen, die die gesamte Bergstrecke mit schweren Getränkekisten auf den Schultern mehrmals am Tag zurücklegen, um, oben angekommen, dem Touristen ein Fläschchen verkaufen zu können.

Wer von diesem bescheidenen Platz aus auf das sich aufwölbende und atmende Erdreich blickt, der ahnt, warum sich in dieser Region die geistigen und kulturellen, aber vor allem die religiösen Zentren Javas gebildet haben. Hier, unter der Aufsicht der Götter, mag der Geist wie von selbst zu besonderen Höhen steigen. Welche von außen kommende Religion auch immer sich des starken Glaubens der Javaner bediente, in keinem anderen Teil der Erde ist der Wohnsitz der Götter so dauerhaft derselbe geblieben wie im mittleren und östlichen Java. Von den meditierenden Buddhas des Borobudurs über die porträtierten islamischen Fürsten in Yogyakartas Sultanspalast bis hin zu den still und aufrecht sitzenden, traditionell gekleideten Bewachern dieser Porträts zieht sich dieselbe ehrfurchtsvolle Haltung und

Gelassenheit, mit der hier jeder dem nächsten Vulkanausbruch entgegensieht.

Die restlichen 517 Kilometer westwärts in Richtung Jakarta, besonders wenn man sie aus dem Fenster des klimatisierten Luxuszugs Bima passieren sieht, gehen glatt und vulkanlos dahin.

Wer von seiner Java-Durchquerung eine Steigerung erwartet, beginne seine Reise in umgekehrter Richtung bei Null, in Jakarta. Diese Stadt ist nicht auf Vulkanen gebaut und steht doch vor einem Ausbruch. Seit 1619 bildete das ehemalige Batavia über seinen Hafen Sunda Kelapa die Saugstelle für die hungrigen Niederländer und ist nach knapp drei Jahrzehnten politischer Unabhängigkeit, wie könnte es anders sein, noch immer Tummelplatz aller möglichen kolonialen Interessen. Die seit Jahrhunderten eingeübte Fähigkeit der Javaner, in importierten Kulturen und Religionen aufzugehen, führt dort, wo Kultur und Religion abgezogen sind und nur noch die Wirtschaft bleibt, zu einem kulturellen Nirwana.

Wer es nicht schafft, in der aufgezwungenen Hilton- und Toyotawelt einen Platz zu finden, und das gilt für die Mehrheit der acht bis zehn Millionen Einwohner Jakartas, hat sich in den Exkrementen einzurichten, die der westliche Moloch der Stadt als Gabe präsentiert. Während der prähistorische Java-Mensch in Jakartas Nationalmuseum seinen fünfhunderttausendsten Geburtstag feiert und mit flacher Stirn die Glückwünsche aus aller Welt entgegennimmt, kann auch die achtmillionste Auflage des heutigen Javaners, der das Pech hat, in Jakarta zu leben, nicht von sich sagen, daß es ihm wesentlich besser ginge als seinem uralten Vorgänger.

Die Mehrzahl der jungen Javaner strebt glück- und arbeitssuchend in ost-westlicher Richtung nach Jakarta. Der Fremde, der mit ihnen, aus derselben Richtung kommend, in Jakarta seine Reise beendet, kann sich kaum des Eindrucks erwehren, als blute Java über seine Hauptstadt aus und als habe er hier, mit dem Ende seiner Durchquerung, das – nicht nur geographische – Ende der berühmten großen Insel erreicht.

Thailand

Phuket Baby

Je eindeutiger die bevorzugten Merkmale einer Urlaubsregion hervorstechen, desto stärker reduzieren sich die dann verbleibenden Möglichkeiten der Urlaubsgestaltung. Das Bild des Urlaubers ist hier bereits vorgefertigt. Es steht – fast fester als fest.

Eine solch merkwürdige Region ist die in Südthailand liegende, vom Pauschaltourismus eroberte Urlaubsinsel Phuket. Auf ihr kann man den Prototyp des Badeurlaubers erleben. Wir begegnen ihm in seinen Latschen, das Hirn unter dem Käppchen geschützt, Schnorchel und Taucherbrille in der Hand; er ist eigentlich immer der gleiche, einzig die Länge der Shorts wechselt. Wir können, wenn wir ihn nahen hören, die Augen schließen und sicher sein, daß er uns nicht in Bergstiefeln und Knickerbockern entgegenkommt.

In einer Urlaubsregion, die so ausgeräumt ist von Details – wie Strand, blauer Himmel und Meer – zeichnen sich die Konturen des Urlaubers, der den Horizont abschreitet, besonders scharf ab. Vor diesem »sauberen« Hintergrund also fällt unser Blick zunächst auf ihn, den Urlauber, auf die Hüftpolster, die über seinem Tanga lappen, und auf die Duldsamkeit, mit der er seine Frau erträgt oder das dritte Bier bei steil abfallendem Sonnenlicht.

Vor einer Landschaft, die selbst angefüllt ist mit unterschiedlichsten Eigenschaften wie, sagen wir, dem Mittelgebirge, tritt die Erscheinung dieses Urlaubers eher zurück. Unsicher, ob er wandern oder relaxen, sich auf Regen oder Sonne einstellen soll, bleibt auch sein Äußeres diffus. Das kristallklare Wasser vor Phukets Küste dagegen verrät noch zwei Meter unter der Meeresoberfläche den Zuschnitt der Badehose, am Strand errät man portionsweise die Marke der Sonnencreme, und von allen Seiten des Palmenstamms fallen die hellroten Gliedmaßen des Urlaubers in den Sand. Die makellose Grundierung von Himmel, Strand und Meer wirkt nun einmal wie eine leere Bühne. Wer hier auftritt, steht automatisch im Mittelpunkt, auch der Kritik.

Das »Phuket-Paket« verspricht Sonne, Strand und Meer und verheimlicht uns die Hauptattraktion, den reisenden Betracher, der nun selbst Gegenstand der Betrachtung wird. Hier sitzen sie nun im schmalen Slip, Rudi mit Chung, Reinhold mit Ming und Horst mit einer Flasche Singha-Bier. »Na, Schlitzauge, ne Cola?«, fragt Rudi. Auch Reinhold ist gesprächig. »Na, Schlitzauge, wie isset?«

Irgendjemand muß den Thai-Mädchen gesagt haben, der tiefere Sinn ihres Lebens bestünde darin, Männern wie Rudi und Reinhold als Begleitpersonen zu dienen. Horst allerdings trinkt nur. Er hat ja Ursula dabei.

Ob Phuket eine wirkliche Insel ist oder eine künstliche Sandaufschüttung (die überall arbeitenden Raupen lassen das vermuten), ob es in Thailand liegt und von einer einheimischen Kultur beleckt ist – noch können wir es nicht erkennen. Phuket ist zunächst einmal Stimmung. Schon an Bord des Jumbos war sie umwerfend.

Dem angekommenen Individualreisenden werden die Namen der Strände in Börsenmanier entgegengeschleudert. Dabei handelt es sich wohl um Zauberformeln, die bestimmte Vergnügen versprechen: Nai Yang-Beach, Mai Khao-Beach, Kamala-Beach, Nai Harn-Beach. Halbsternartig führen alle Straßen über Phuket-Town zum Weststrand. Jeder Sangthaew-Fahrer hat seine Meinung über ganz bestimmte Erwartungen des Beförderten: »quiet place«, »very cheap«, »good shopping«, »beautiful sunset«, je nachdem, was sein Aussehen verheißt. Noch steckt derTourist ja nicht in seiner Badehose. Letztlich enden alle Transporte im Sand. Jetzt muß der Reisende ins Meer. Es schlägt die Stunde des Tangas.

Das Karussel der Freuden dreht seine Runden. »Rent motor bike«, »money change«, »Scuba-Diving«, »Kaffee und Kuchen«, »Thai-Massage«, und alles »very cheap«. Auch durch ständige Wiederholung wird die Palette nicht reicher. Sicher, man kann sich an einem Fallschirm durch die Luft ziehen lassen. Man kann sich selbst mit Blei beschweren und im Meer versenken. Man kann auch mit Wasser-Scootern über die Wellen jagen und, nicht ganz programmgemäß, ältere Schwimmer in Panik versetzen. In Paton Beach kann man Eisbein essen. Daß das alles unter »Spaß und Urlaub« fällt, hat man bald heraus. Der blaue Himmel mahnt zur Stimmung, die Sonne heizt an, doch sonderbar: Man ist geneigt, auch die Natur für etwas simpel zu halten, wenn nicht hin und wieder ein Grauton wie der Hauch eines Gedankens durch das Bild huscht. Das fühlt auch Horst. Denn jetzt trinkt er Mekong, die zweite Flasche schon. Rudi braucht dringend »a massage« gegen den Suff – Chung sitzt bereit. Wenn nur die Sonne knallt, macht man den Schatten halt selbst.

Alle Wege enden im Sand. Also, auf nach Phi Phi-Island. Die kleine Insel liegt zwei Schiffsstunden von Phuket entfernt. Sie hat die Form einer Wespe, ist in der Mitte eingeschnürt; zu beiden Seiten der Taille dümpelt müde das Meer, das nicht von ungefähr den Namen Phi Phi trägt. Ob nun thailändisch Phi oder englisch Phee geschrieben, der Name reizt zum Lachen. Die Insel ist autolos und wäre, würde nicht an beiden Stränden der Taille so alternativ geurlaubt werden, eine echte Alternative zu Phuket. Aus einfachen Bambushütten blickt man auf das Meer, wohin sonst; auch diese Insel ist wie geschaffen für den Urlaub. Was, in Gottes Namen, soll man auf einer Urlaubsinsel auch anderes machen als Urlaub?

Schon morgens drängt der Strom von Individualisten durch das Inselgäßchen und versichert sich seiner zahlreichen Alternativen: »fishing by night«, Besuch einer Austernfarm, Fußreflexmassage, sogar Anleitung zur Meditation – subtilere Vergnügen als auf Phuket. Um neun Uhr starten zwölf vollbesetzte Boote zu einer »menschenleeren Insel«. Beim Verzehr der mitgebrachten Lunchpakete stellen dann alle fest: Tatsächlich, keiner hier!

Abends Barbecue. Den Schwertfisch kennt man schon. Er ist innen hohl und tagelang schon tot, wird aber bis zum letzten Kotelett an den Mann gebracht. Auf Phi Phi gibt es auch Thais. Freundlicherweise halten sie sich mit ihren einheimischen Bräuchen zurück, sofern sie noch welche haben. Die Thais hängen nicht an ihrem Selbst, das hat sie der Buddhismus gelehrt; sie sind alles andere lieber: Man gibt sich französisch, nennt die Muscheln »coquilles« und sagt »bon jour«. Die besten Rindsrouladen, deutscher als bei Mutti, serviert man im »Alt Heidelberg« in Chiang Mai.

»Echt Alternativ, Alter, ist Krabi«, sagt Klaus. Also, nichts wie hin. Wieder zwei Stunden im Boot. Such dir deinen Strand aus, sagt der Reiseführer. Es stimmt. Zwischen bizarren Felsen makelloser Sand, wie nie betreten. Ein paar Bungalows, keine Läden, das könnte es sein. Doch dann gibt es kein Entrinnen: Hinter Palmen versteckt, bevölkern sie das Restaurant, subkulturell und postmodern, und alle sprechen sie hessisch. Und das bei Müsli mit Früchten, Yoghurt mit Müsli oder Yoghurt mit Früchten. Die vertrauten Leckereien also, die das westliche Morgengefühl garantieren, kleine Kulturkolonien, neuzeitliche Missionierungen in Sachen »breakfast«.

Krabi selbst ist eine ganz normale Provinzhauptstadt mit einem hohen Bevölkerungsanteil an Moslems. Aber die Strände sind vorgelagerte Reservate, in denen eine bestimmte Art müsliessender Urlauber von den Thais erhalten und gepflegt wird.

Bleibt Ko Samui. Die touristische Überschwemmung dieser einstmaligen Trauminsel wurde schon in so viele schöne Worte gefaßt, daß wir begierig darauf sind, sie persönlich kennenzulernen. Hoffnungsvoll hat mich ein Satz aus Rainer Kracks »Thailand Handbuch« gestimmt: »Auffallend sind die vielen eingegipsten Touristen, die als Unfallopfer durch die Kokoshaine humpeln.« Der Urlauber eingegipst – um uns seinen Anblick zu ersparen?

Doch Ko Samui ist eine angenehme Überraschung. In dem Inselgehege leben sämtliche Urlauberarten gemischt nebeneinander ohne Umzäunung (vom »Imperial« mal abgesehen). Ban Nathon, die kleine »Hauptstadt« der Insel, bietet ein buntes Erscheinungsbild, in dem sogar die Einheimischen nicht aus dem Rahmen fallen.

Vielleicht ist es dieses Normale, dieses Unprogrammierte als Ausdruck verschiedenster Erwartungen an Urlaub, daß er anstrengend sein kann und Arbeit entspannend; dieses gleichberechtigte Nebeneinander von Ferien und Leben, das dem Urlaub immer auch Weltanschauliches gibt. Wenn der Sangthaew mit 20 Touristen in nördlicher oder südlicher Richtung die Strände abfährt, so transportiert er auch ebensoviele Philosophien; und so kann es geschehen, daß jemand, der eigentlich zur Chaweng Beach wollte, weil er sich dort den meisten Spaß erhoffte, schon an der Choeng Mon Beach das Fahrzeug verläßt, weil er in den Sog der Stille geriet, die das Pärchen, das vor ihm in den Wagen einstieg, dort zurückließ.

Mit einem einfachen Trick gelingt es den Thais, auch die überfüllten Strände täglich für einige Stunden leerzufegen. Durch das Abspielen von Videobändern wird die Mehrheit der Urlauber in die Restaurants gelockt und dort in Gruppen konzentriert. Jetzt ist der Strand frei für die anderen.

Zu jenen anderen gehört übrigens auch eine winzige Strandkrabbe, die eigentliche Bewohnerin Ko Samuis. Wenn man, den Kopf auf dem Sand, nahe genug mit den Augen herangeht, erkennt man, wie sie in unablässiger Emsigkeit kleine Sandkügelchen formt, die, zu Ringwällen aufgehäuft, ihre stecknadelkopfgroßen Höhleneingänge schützend umstellen. Man kann wohl davon ausgehen, daß die Strandkrabbe dies schon seit Jahrmillionen macht, aber heute, im Zeitalter des Massentourismus, erscheint ihre Tätigkeit sinnvoller denn je.

Intercity

Geronnene Städte

»Ist der Platz noch frei?«

Die Ordensschwester nickt. Warum fährt sie Erste Klasse? Sie blättert in *Cosmopolitan*, und der Artikel, der ihre Aufmerksamkeit fesselt, trägt die Überschrift: »So gelingt ein Seitensprung«.

Mir gelingt er. Ich sitze an ihrer Seite und registriere den stechenden Geruch von Sagrotan, der von ihr ausgeht. Nur nicht einschlafen, denke ich, und betrachte noch einmal das Foto der »Lainzer Mordschwestern« im *Kurier*. Man weiß ja nie, ob man – so hilflos dasitzend – eine »Mundpflege« bekommt oder unbewußt den Wunsch nach einer anderen Form von Sterbehilfe äußert.

Das hat der Intercity mit dem Krankenhaus gemein: Wir erwarten eine Besserung, einen besseren Ort, eine bessere Zeit. Und wir sind ausgeliefert.

Dennoch fühle ich mich geborgen. Warum?

Ganz im Sinne der fernöstlichen Weisheit *Der Weg ist das Ziel* ist das Ziel des Intercityreisenden oft der Anschlußintercity, mit dem er dann wiederum auf dem Weg ist.

Das Überdurchschnittliche meines Intercitygenusses ist, daß mein Körper um die Dimension eines Großraumwagens erweitert wird, der mich – eine Art Körpergehäuse – schützend umhüllt und den ich deshalb bevorzuge. Durch ihn ist dem Zug wieder der charakteristische Wagen zurückgegeben, der als Stäbchen die Landschaft durchschneidet, während das Zimmerartige des kleinen Abteils, in dem sich die Fahrgäste bei stockendem Gesprächsfluß wartend gegenübersitzen, stets den Eindruck vermittelt, als käme weder draußen noch drinnen etwas voran.

Im Großraumwagen bevorzuge ich wiederum die Erste Klasse – wegen der Auslegware. Es gibt tatsächlich Leute – wie meine Mutter –, die zieht es eher zur Zweiten, weil sie billiger ist. Der Genuß der Billigkeit scheint also auch ein Luxus zu sein, denn man tut etwas für seinen inneren Komfort. Um also die von mir so geliebte Auslegware, für die ich ja – unter anderem – den Zuschlag entrichte, abzunützen, gehe ich häufig im Gang auf und ab (ich liebe den weichen Tritt und das schonende Gefühl unter den Sohlen) und erarbeite mir mit jedem Schritt die Gewißheit, wie sehr sich doch der Zuschlag gelohnt hat.

Nur die Schaffner schaffen es, mit ihrem durchschlagenden Auftreten die dämpfende Wirkung der Auslegware zu unterlaufen, indem sie in bekannter Wichtigkeit vorpreschen. Sogar die automatischen Türen, die sonst durch ihren sanften Gleitton beeindrucken, finden beim Erscheinen des Schaffners zu ihrem alten Krach zurück.

Neuerdings hat die dem Intercitywesen angepaßte Umerziehung der Schaffner allerdings Früchte getragen. Statt des gewohnten *Fahrkarten bitte*, das immer wie *Hände hoch!* klingt, gibt es den neuen Typus, der sich mit gespielter Zurückhaltung von hinten heranschleicht und den Fahrgast diskret und fast tonlos um die *Reisedokumente* bittet, als wäre ihm das Ganze schrecklich peinlich. Er soll uns dann ja auch noch fragen, ob wir nun selber einen Wunsch haben, einen Kaffee zum Beispiel oder eine Wurst. Und er soll dabei freundlich bleiben, und zwar wirklich, richtig innerlich, so daß der Fahrgast ein Wohlbehagen verspürt.

Ich liebe den Anblick eines Uniformträgers, der mir Kaffee serviert, besonders wenn er mich jahrelang angebrüllt hat. Man stelle sich eine Stewardeß vor, die in 10.000 Meter Höhe *Fahrkarten, bitte!* schreien würde. Der Schaffner alten Schlages bestünde noch im Absturz auf dem Zuschlag. Nein, die Schaffner von heute, die sich sanft als IC-Team vorstellen, sind wie Erdstewards und -stewardessen angehalten, uns himmlische Verhältnisse zu verschaffen, sie dienen der Zerstreuung, der Umsorgung, der Beruhigung.

So ganz aber können sie es noch nicht. Etwas sträubt sich noch. Aber sie müssen! Und es gibt nichts Amüsanteres als einen Schaffner, dessen Nerven auf die Probe gestellt werden, weil er zum zehnten Mal (wer hat sich das bloß ausgedacht?) die halbe Länge des Zuges ablaufen muß, um einem einzelnen Fahrgast Tee zu servieren. Zu dieser körperlichen Mehrbelastung kommt die schauspielerische Leistung, die man ihm abverlangt: Er muß rennen, soll aber keinen Wind machen. Er muß kontrollieren, ohne die Atmosphäre mit Mißtrauen zu vergiften. Er muß Kaffee holen und dabei Würde bewahren. Und er weiß, daß wir, wenn draußen außer Gütersloh und Remagen nichts los ist, sein Spiel mit Argusaugen beobachten. Ein kleiner Seufzer, der ihm bei der Entgegennahme einer Bestellung unterläuft, ein Anflug von Unwirschheit, der ihm übers Gesicht huscht – und es steht der deutschen Schlafwagengesellschaft eine vernichtende Kritik ins Haus. Heute wird nicht mehr der Fahrgast kontrolliert, sondern der Kontrolleur. So wie ein Schauspieler nur, wenn er eine außergewöhliche Leistung erbringt, unser Interesse erweckt, macht auch der Kontrolleur erst Spaß, wenn er richtig gefordert wird.

Kein Zweifel: Der IC suggeriert uns in Gestalt seiner Großraumwagen, wir hätten uns für ein Flugzeug entschieden. Nach dem Start in Stuttgart blicke ich schon bei Bietigheim-Bissingen in Richtung Gepäckablage, ob dort ein

Rauchverbotszeichen erlischt. Und daß ich mich nicht anschnallen muß, kann nur ein Formfehler sein. Dann spricht der Captain. »Wir begrüßen Sie an Bord unserer *Friedrich Hölderlin*. In der Mitte unseres Zuges befindet sich ein Zugrestaurant, in dem unser IC-Team Sie gerne bewirten wird.«

Und es bewirtet Sie *gerne*.

Ich glaube, wir streben heutzutage viele Reiseziele hauptsächlich deshalb an, weil sie uns einen Aufenthalt im Intercity ermöglichen. Es ist aber nie schön, wenn man in Mannheim umsteigen muß. Man schaut verloren in beide Richtungen des Bahnsteigs und ersehnt die Rückkehr in den heimischen IC. Noch schlimmer ist ein längerer Aufenthalt. Man geht nach Mannheim hinein, ohne es je zu erreichen, denn man ist bereits da. Wo ist das Innere von Mannheim, fragt man sich, während man das brutal-quadratische Raster abläuft; und dann: Warum wurde Mannheim gebaut? Hätte man das Geld nicht besser in den Ausbau des Streckennetzes investiert, das es uns gerade ermöglicht, schnell an solchen Städten vorbeizukommen? In die Geschäftsnamen sind in Mannheim übrigens besonders häufig die Vornamen ihrer Besitzer eingeflochten. Aber *Juttas Videothek* und *Christels Wollädle* reichen nicht aus, um mich in Mannem dahaam zu fühlen.

Natürlich muß man auch die eine oder andere Stadt erwähnen, will man verständlich machen, warum der Intercity so viel Freude macht. Denn der Zug bringt uns ja nicht nur zu den Städten hin, sondern glücklicherweise auch von ihnen weg.

Hauptbahnhof Köln. Hier mag man nicht mehr aus dem Fenster sehen. Denn man weiß, daß hier schon wieder dieser große Dom steht.

Mainz. Wird hier nicht viel gelacht?

Und Duisburg. Darüber spricht man nicht. Da hält man.

Bei Essen sehe ich schon von weitem: Das muß Essen sein; etwas anderes wäre mir zu diesem Namen auch nicht eingefallen.

Schließlich Hamm. Wenn dieser Name auftaucht, sucht man den Speisewagen auf.

Was gibt es? Der Küchenchef empfiehlt: *Pochiertes Kabeljaufilet in Senfrahmsauce mit Dillkartoffeln*. Was gibt es noch? *Schweinesteak Westmoreland*, und immer wieder Leute, die fragen, ob der Platz noch frei ist.

»Jetzt kommt Bochum!« Mein Tischnachbar bekommt ein glückliches Gesicht. »Früher«, sagt er, »wenn hier die normalen Züge hielten, habe ich immer das Fenster aufgerissen und tief Luft geholt. Dann wußte ich: Ich bin wieder in meinem Ruhrgebiet.« »Das ist jetzt nicht mehr möglich«, antworte ich sachlich. »Sie müssen Ihre Nase da über den kleinen Schlitz halten – ihm entströmt die Luft der air condition.«

Wen das Auf und Ab der süddeutschen Landschaft nervös macht, kann sich in der norddeutschen Tiefebene entspannen. Da passiert stundenlang nichts. Bis Hannover. Und da auch nicht viel. Doch dann kommt Hamburg-Altona, wo ich groß geworden bin. Ich schaue lieber nicht hinaus. Ich schließe die Augen und bin da. So geht es hoch und runter durch Deutschland. Von rechts und links und diagonal. Städte gerinnen zu ihren Namen und den knappen Vorstellungen, die man mit ihnen verbindet.

Schaue ich aus dem Fenster: kein Karlsruhe. Nur der immergleiche Bahnsteig, von dem sich der Zug abstößt; und irgendwo dahinter ein Bundesgerichtshof, den er zurückläßt. Die Städte werden auf das Maß gestutzt, das der Blick aus dem Intercity freigibt: unschöne, einander ähnliche Flecken, Verdichtungen von Grau, die lediglich Akzente setzen und ein Streckenbild erzeugen, das dem Fahren scheinbar einen Sinn verleiht.

Der Weg ist das Ziel.

Ich möchte noch etwas zu Kassel sagen; wenn ich bloß wüßte, was! Zu Ludwigsburg: Man muß nicht unbedingt dort gewesen sein, um es nicht zu mögen. Die wirklich lohnenden Ziele in Deutschland sind ohnehin nicht mit dem Intercity zu erreichen.

Bonn Hauptbahnhof. Hier steigen Politiker zu, wer sonst?

Düsseldorf. Ein Jeck tritt ein. Man kann sicher sein, daß eine Stadt das, was sie zu bieten hat, auch erbarmungslos bietet.

In Nürtingen schaue ich zum ersten Mal hinaus. Diesen Namen habe ich noch nie gehört. Heißt es nicht Nürnberg? Oder Tübingen? Zunächst einmal erblicke ich mein Spiegelbild und gewahre einen Herrn, der mit kritischer Neugier zum Fenster hinausschaut – gen Nürtingen. Durch die Spiegelung hindurch fällt mein Blick auf einen neben uns haltenden Speisewagen, in dem Menschen vor Speisen sitzen und zwischen zwei Bissen den Blick heben und – auf Nürtingen richten.

Und zwischen uns und unseren Spiegelungen erstreckt sich Nürtingen – als schmaler Raum zwischen den beiden Waggons. Auch die Bahnhofshalle hat die Form eines riesigen Waggons. Ist Nürtingen selbst ein Intercity? Ich kenne die Städte ja nicht. Sie unterbrechen nur meine Fahrt.

Heute sind die Kellner besonders schnell und zuvorkommend. Haben sie gestern einen Kurs gemacht? Und es sind mehrere! Insgesamt sind sie kleiner geworden; dafür aber mehr. Hat man aus dem großen Unfreundlichen von voriger Woche mehrere kleine Freundliche gemacht? Fragen über Fragen.

Man sollte annehmen, daß Freundlichkeit eine Folge der Arbeitsentlastung ist. Nichts da! Erstens, die Kellner des Mitropaspeisewagens sind gegenüber dem Gast meist in der Überzahl und dennoch gemeinsam unfreundlich. Und zweitens, die mehreren Kellner arbeiten keineswegs weniger. Ausgerechnet heute – ich wollte nur einen Tee trinken – trifft mich ihre Diensteifrigkeit überfallartig. Sie scheinen sich allesamt vor meinem Tisch aufzureihen, und, um keinen der Herren zu enttäuschen, gebe ich immer wieder eine neue Bestellung auf. In der Modellsituation, in der sich das Zugrestaurant gegenüber dem wirklichen befindet, in diesem Miniaturrestaurant, das durch Berge und Täler rast – welches Restaurant tut das schon? –, müssen die Rollen besonders präzise gespielt werden. Kellner und Gast feuern sich hierbei bedienend und bedient werdend gegenseitig an.

Wunderbar in diesem Zusammenhang: die Weinprobe. Der Kellner gratwandert mit seinem Tablett heran und präsentiert dem weinkundig dreinschauenden Gast die 0,35 Literflasche eines *Jugoslawischen Spitzenrotweins.* Er macht ein bedeutendes Gesicht und entfernt den Schraubverschluß leicht ruckartig wie einen Korken. Nun beginnt ein ausgedehntes Vorschmecken des Gastes, ein langes Bekauen des lausigen Weines, gefolgt von einer nachdenklichen Miene, an deren Ende ein gnädiges Nicken steht, das den Kellner aus seiner gespannten Erwartung entläßt. Der Jahrgang gefällt. Nun darf nachgeschenkt werden.

Noch etwas ist neu seit gestern: Die kleiner gemachten Kellner passen jetzt glänzend in ihre Jacken. Und diese Jacken haben Schulterklappen, zwei goldene Querbalken auf schwarzem Untergrund. Wir können sicher sein, es bedient uns ranghohes Fachpersonal. Und: Die Tassen sind kleiner geworden, der Kaffee besser. Die Kannen schwerer. Nicht mehr Porzellan wird hier verwendet, sondern versilbertes Metall. Das Restaurant nimmt an Wirklichkeit zu. Man spürt, daß Wohnraum geschaffen, ja der Lebensraum zwischen den Städten ausgebaut wird.

Um so betrüblicher, wenn wieder Mannheim kommt.

Dort muß ich bekanntlich umsteigen. Ich stehe auf dem Bahnsteig und schaue meinem davonfahrenden Lebensraum nach. Dem soliden Geschirr, den netten Kellnern, der Auslegware, auf der ich so gerne gehe ... Und es regnet.

Dann kommt die Durchsage: Der Eurocity über Karlsruhe, Baden-Baden ... nach Paris hat etwa 15 Minuten Verspätung.

Auf dem gegenüberliegenden Bahnsteig wartet ein anderer IC auf seine Abfahrt. Zielort: München. Über Heidelberg, Stuttgart, Ulm, Augsburg. Hinter den getönten Scheiben zufriedene Gesichter, Menschen, die Lachsschaumreste aus ihren Mundwinkeln entfernen, sich in ihren Polstern zurücklehnen und nicht einmal ahnen, daß sie gerade in Mannheim sind. Warum steige ich nicht einfach ein? Ist es nicht egal, wohin ich fahre?

Dieser Intercity nun führt mich auch durch süddeutsche Städte, es gibt denselben Kaffee, dieselben netten Kellner, und komme ich irgendwo an, bringt mich früher oder später ein Intercity von dort weg. Neben mir erklärt ein junger Mann seiner Freundin: »Sieh mal, das ist der Wagenstandanzeiger. Die Buchstaben A, B, C und D bezeichnen exakt den Standort der Wagen. Früher bist du herumgeirrt und wußtest nicht, wo du bist, und heute weißt du genau, wo du stehst.« Die Freundin sieht nicht so aus, als würde ihr das eben Gesagte ein grundsätzliches Gefühl von Ratlosigkeit nehmen. Nach 15 Minuten wieder eine Durchsage: Der Eurocity über Karlsruhe, Baden Baden … nach Paris hat etwa 15 Minuten Verspätung. Hat jemand die Zeit angehalten?

Ich schaue eine Ewigkeit lang den nassen Bahnsteig hinunter. Weit und breit kein Zug. Und der Alptraum des Intercityreisenden nimmt vor meinen Augen seine furchtbare Gestalt an: Stell dir vor, du stehst auf dem Mannheimer Bahnsteig, und nie wieder fährt ein Intercity ein, um dich dort abzuholen.

Chapendu

Menschenfeinds Zuhause

Kann man die Gedanken eines Krokodils lesen, wenn man ihm lange genug in die Augen schaut? Meine Antwort: Ja. Soviel zu der Ausdauer, die man benötigt, um herauszufinden, was an der Region zwischen Belfort, Épinal und Vesoul schön sein soll. So wie Konrad Lorenz Jahre mit seinen Gänsen verbracht hat, um deren Eigenarten zu ergründen, gibt es auch Landstriche, hinter deren Reize man erst kommt, wenn man sie regelrecht belagert.

Man miete oder kaufe sich eines dieser verlassenen Bauernhäuser aus dem siebzehnten oder achtzehnten Jahrhundert (die hier billig zu haben sind), richte sich dort ein, beziehe einen Beobachtungsposten am Fenster und betrachte – über Jahre – mit äußerster Gespanntheit die Wiese oder den Wald oder das einzige benachbarte Haus, und man wird feststellen: Es gibt tatsächlich Zeit, die sich sträubt, fortzuschreiten.

Zwar wächst das Gras mit bekannter Gelassenheit, auch wird der Müll jeden zweiten Dienstag abgeholt, manchmal sogar ein Baum zersägt. Aber spätestens wenn Mitte Juli die Kirschen abgehängt und die Bäume winterfertig gemacht werden, kommt der Verdacht auf, der Sommer habe hier nur zum Schein stattgefunden; die Kühe würden morgens nur auf die Weide geschickt und abends wieder von dort abgeholt, damit sie sich nicht so sinnlos vorkommen.

Es ist nicht leicht, diese Landschaft zu benennen. Es fehlt ein Begriff, der eine Vorstellung vermittelt oder eine Empfindung auslöst, weil er schon einen Teil des Wesens dieser Landschaft enthält, wie: Tal der Loire oder Côte d'Azur. Es gibt nur den Distrikt: Haute Saône. Fragt mich jemand, wo ich wohne, gelingt mir die Beschreibung der Lage nur mit angrenzenden, sie umkreisenden Gebieten, aus denen sie hervorgeht oder in die sie hineinweist: *vor* der Burgundischen Pforte oder am *Fuße* des Jura oder *am Ausläufer* der Vogesen. »Vogesen«, höre ich dann, »oh, das ist bestimmt schön.« Es ist aber alles unbestimmt schön hier. Ich kann heute noch nicht sagen, ob es ein Tannen- oder ein Mischwald ist, durch den ich immer spaziere. Auch Waldluft ist mir nie aufgefallen.

Der Wald ist dumpf, von Tümpeln mit glitzernden Fliegen durchsetzt. Forstwege enden im Dickicht oder, wenn man Glück hat, an einer Straße, auf der die Autos sich mit überhöhter Geschwindigkeit beeilen, diese Landschaft von sich abzuschütteln, auf dem Weg in die lieblichen Vogesen oder in das belebte Paris. Der, der an so einer Autostraße steht und den das fröstelnde Gefühl von Verlorenheit durchweht, als hätte das Nichts dieses Landstrichs ihn schon durchlässig gemacht, trete schnellstens den Heimweg an, sofern er ihn findet, und gebe der Landschaft endlich einen Namen, mit dem er sie, aus der Sicherheit seines Hauses heraus, persönlich anreden kann.

Chapendu will ich sie nennen. Denn so heißt das Dorf, das Ausgangspunkt meiner Belagerung ist. Es ist nicht eigentlich ein Dorf; es fehlt die Kirche, der Laden, die Jugend. Chapendu ist eher die Folge eines Meteoriteneinschlags, der den Wald so weit aufgerissen hat, daß sich sechs, sieben Ruinen, mehr oder weniger bewohnt und in sicherem Abstand voneinander, lose über die Lichtung verteilen konnten.

Mein Haus, das aus Stein ist, heißt dennoch »La Planchotte«, die Bretterbude, worin die Häme des beleidigten Waldes zum Ausdruck kommt. Zusammen mit zwei anderen Ruinen bildet es den Verkehrsknotenpunkt von Chapendu. Hier, am Schnittpunkt zweier Feldwege, sieht man zuweilen zwei Menschen ein Gespräch beginnen oder eine Kuh nach Hause trotten.

Von einem baumlangen Kruzifix, direkt ins Herz des Dorfes gerammt, blickt ein keltisch schlichter Jesus auf die Begonien herab, die, wie von Geisterhand, immer frisch begossen sind. Man hat hier den Eindruck, an einem Grabmal zu stehen, in dem die Dorfbewohner seit Jahrhunderten bestattet werden. Oder wurden hier die Katzen erhängt, wie uns der Name des Dorfes erzählt: Cha(t) pendu = erhängte Katze? Vielleicht von den Mönchen, die von dem benachbarten Kloster und der heutigen Kleinstadt Luxeuil-les-bains aus Chapendu zuerst besiedelten.

Der aus Irland stammende Mönch Colomban hat im Jahre 590 dieses Kloster auf den Ruinen des antiken Luxovium gegründet, in dem schon die Römer thermalbadeten. Der vor der Abteikirche St. Pierre befindlichen Statue nach, die ihn in eifernder Pose zeigt, muß Colomban hier furchtbar gewütet haben. Wenn die Dämmerung kommt, versammeln sich wie Rachegeister vor meinem Fenster die verwilderten Katzen mit abgeschnittenen Schwänzen und Singvögeln zwischen den Zähnen, als hätte Colomban sie bei seiner Christianisierung vergessen.

Luxeuil-les-bains. Wenn schon, vielleicht einmal innerhalb eines Jahrzehnts, ein Deutscher von dieser Stadt gehört haben will, weil dort ein Amokschütze erst seine Mutter und dann 14 Passanten erschossen haben soll, wie im Juni letzten Jahres, dann hat er sich bestimmt verhört, denn der Ort dieses Massakers war Luxiol, ein Dorf, das nicht weniger weit von meinem Haus entfernt liegt. Man horcht schon auf, wenn aus einer Gegend, in der die Menschen von der Überzeugung durchdrungen sind, daß Zeit etwas ist, das weitergeht, bekannt wird, daß ein »verschlossener Bauernjunge« dafür gesorgt hat, daß sie für einige ganz aufhört.

Im quartier thermal der Bäderstadt Luxeuil wird ein Amokschütze unverrichteter Dinge wieder abziehen müssen, denn er wird niemanden antreffen, den er umbringen könnte. Colomban hat, so scheint es, dem lustvollen Baden der Römer ein Ende bereitet und die Stadt zu Tode christianisiert. Der Kurpark ist vom angrenzenden Friedhof kaum zu unterscheiden. Und die Thermalhallen wirken so, als sei jeder, der hier einmal gebadet hat, gleich danach gestorben.

Man könnte meinen, Angestellte des Fremdenverkehrsvereins würden gegen Bezahlung, als Gäste verkleidet, in die Cafés gesetzt. Zum Schein geht der Bäcker, wie von Chabrol erfunden, seiner Tätigkeit nach (und macht in Wirklichkeit was?). Die Törtchen in der Auslage, auf die er lustlos deutet, sind zu Attrappen erstarrt. Und die Frau hinter dem Postschalter hält zum zehnten Mal meinen Hundertmarkschein, den ich gewechselt haben möchte, gegen das Licht; dabei stünde eher mir das Recht zu, sie selbst auf ihre Identität zu prüfen. Spätestens am Abend, nach einem langen Aufenthalt in dieser Scheinstadt, wenn der Schlachter das violette Rindfleisch auf dem Marmor zerschneidet, meint man, in dem von ihm bearbeiteten »côte du bœuf« den Teil eines Kurgastes zu erkennen.

Die französische Sprache wirkt aus dem Mund eines Schlachters besonders albern und affektiert. Er kommt uns vornehm – im Mantel der Eleganz sozusagen – und nennt die garnierten Leichenteile spöttisch »Tournedos Henri IV«.

Ist man der Sprache nicht mächtig, argwöhnt man, sie würde nur in der bösen Absicht verwendet, um uns verschlossen zu bleiben. In Chapendu muß man nicht unbedingt Französisch können, denn die Leute reden hier nicht viel. Manchmal sitzen Nachbarn auf meinem Sofa, schwer und unbeweglich. Schweigend tauscht man Präsente aus: Man überreicht Pflaumenschnaps und bekommt einen Mirabellenschnaps. Satzfetzen werden mühsam von Mund zu Mund geschoben, bevor sie wieder im eigenen enden: »Il fait chaud.« »Oui, il fait chaud.« »Il fait chaud.« Man blickt hilflos zum Fenster. Vielleicht kommt jemand vorbei, der Anlaß zum Reden gibt. Von der Anstrengung des Schweigens steht mir mehr Schweiß auf der Stirn als beim Anblick des drahtigen Greises, der Holz für mich hackt.

An einem sonnigen Nachmittag hatte er sich vorgestellt: Emmanuel Dupont; dann – zur Begrüßung – erst einmal gegen mein Haus gepinkelt, wie wenn ein alter Hund sein Terrain absteckt. Da meine Mutter gerade am Kaffeetisch saß, versuchte ich, ihre Aufmerksamkeit auf die Schönheit der entgegengesetzten Richtung zu lenken. Die paar Brokken Deutsch, mit denen er sich für das Glas Rotwein bedankte, hatte er in deutschen Konzentrationslagern gelernt.

Meinem deutschen Charakter gemäß, erklärte ich, habe ich eine Mauer aus losen Feldsteinen um mein Grundstück errichtet, um dieser Landschaft etwas Form aufzuzwingen. Er lachte. Nach dem dritten Glas vin de pays hielt er meiner Mutter über den Kaffeetisch die Hand zur Versöhnung hin, die sie – aufgrund mangelnder Französischkenntnisse – mit einem hanseatisch unterkühlten »Orowoa« entgegennahm. Sein älterer Bruder bewegte sich währenddessen mit seinem Traktor in scharfen Kurven auf mein Haus zu und vollführte – »Achtung! Achtung!« brüllend – Scheinattacken.

»Ein Deutscher«, kommentierte Emmanuel, »fühlt sich erst wohl, wenn er umzingelt ist.« Das reiße ihn aus seinem verheerenden Hang zur Gemütlichkeit. Er bezeichnete die Deutschen, also meine Mutter und mich, als Naturkatastrophe, in die ein Franzose erst hineingeboren wird, gegen die er dann Krieg führt und mit der er schließlich eine Tasse Kaffee trinkt. Ich fühlte mich richtig beschrieben und erhöhte tags darauf meine Mauer um eine weitere Lage Feldsteine.

Manchmal bin ich bei meinem Tischler zu Gast. Auf seine Anordnung hin bewegt sich die siebzehnjährige Tochter umgehend mit ihrem Akkordeon vor einen Glasschrank mit Silbertrophäen und beginnt, keine Strophe auslassend, »La Paloma« zu spielen, während der Hund draußen vor Schmerzen heult. Daß ihr Vater Tischler ist, entnahm ich zuerst den Sägespänen, die über seine Ärmel verstreut waren. Geht jemand mit einem Stein oder einem Draht an meinem Fenster vorbei, ist er wahrscheinlich Maurer oder Elektriker. Niemand ist hier berufen, etwas zu sein, wie auch das ganze Dorf nicht beabsichtigt erscheint, sondern – wie die Späne auf den Ärmeln des Tischlers – abgefallen beim Zuschnitt der großen Städte.

Einmal standen zwei Polizisten vor meiner Tür. Was ich hier wolle, fragten sie grundsätzlich. Ich sagte, ich wisse es – nach drei Jahren – selbst nicht so genau, und führte die beiden zum Fenster in der Küche, zu dem Platz, an dem ich meinen Posten bezogen hatte. Wir spähten alle drei gespannt in die Landschaft, als würde sich dank unserer dreifachen Anstrengung just in diesem Augenblick das Geheimnis um Chapendu lüften. Es könne, äußerte ich den Verdacht, nicht ohne mir dabei frivol vorzukommen, vielleicht daran liegen, daß mir dieser Landstrich gefalle. Das herzhafte und völlig unbürokratische Gelächter, mit dem die beiden Polizisten sich von meinem Haus entfernten, hing noch lange in der Luft.

Und am Abend meinte ich, den Nachhall ihres Lachens in den Gesichtern der Katzen zu lesen, die wieder vor meinem Fenster hockten.

Inhalt

Neue deutschsprachige Literatur in den suhrkamp taschenbüchern

250/1/8.90

Neue deutschsprachige Literatur in den suhrkamp taschenbüchern

Kirchhoff, Bodo: Ohne Eifer, ohne Zorn. Novelle. st 1301
– Zwiefalten. Roman. st 1225
Kiss, Ady Henry: Da wo es schön ist. st 914
Klix, Bettina: Tiefenrausch. Aufzeichnungen aus der Großstadt. st 1281
Kolleritsch, Alfred: Gedichte. Ausgewählt und mit einem Vorwort versehen von Peter Handke. st 1590
– Die grüne Seite. Roman. st 323
Konrad, Marcel: Stoppelfelder. Roman. st 1348
Laederach, Jürg: Laederachs 69 Arten den Blues zu spielen. st 1446
– Nach Einfall der Dämmerung. Erzählungen und Erzählungen. st 814
– Sigmund oder Der Herr der Seelen tötet seine. st 1235
Leutenegger, Gertrud: Gouverneur. st 1341
– Ninive. Roman. st 685
– Vorabend. Roman. st 642
Meinecke, Thomas: Mit der Kirche ums Dorf. Kurzgeschichten. st 1354
Meyer, E. Y.: Eine entfernte Ähnlichkeit. Erzählungen. st 242
– In Trubschachen. Roman. st 501
– Ein Reisender in Sachen Umsturz. Erzählungen. Neufassung. st 927
– Die Rückfahrt. Roman. st 578
Morshäuser, Bodo: Die Berliner Simulation. Erzählung. st 1293
– Blende. Erzählung. st 1585
– Nervöse Leser. Erzählung. st 1715
Neumeister, Andreas: Äpfel vom Baum im Kies. st 1748
Offenbach, Judith: Sonja. Eine Melancholie für Fortgeschrittene. st 688
Pedretti, Erica: Harmloses, bitte. st 558
– Heiliger Sebastian. Roman. st 769
– Sonnenaufgänge Sonnenuntergänge. Erzählungen. st 1653
Pietsch, Nikolaus: Der Gefangene von Heidelberg. st 1129
Rosei, Peter: Der Fluß der Gedanken durch den Kopf. Logbücher. st 1656
– Reise ohne Ende. Aufzeichnungsbücher. st 875
Rothmann, Ralf: Messers Schneide. Erzählung. st 1633
Schertenleib, Hansjörg: Die Ferienlandschaft. Roman. st 1277
Schimmang, Jochen: Das Ende der Berührbarkeit. Eine Erzählung. st 739
– Der schöne Vogel Phönix. Erinnerungen eines Dreißigjährigen. st 527
Schleef, Einar: Gertrud. st 942
Sloterdijk, Peter: Der Zauberbaum. Die Entstehung der Psychoanalyse im Jahr 1785. Ein epischer Versuch zur Philosophie der Psychologie. st 1445

250/2/8.90

Neue deutschsprachige Literatur
in den suhrkamp taschenbüchern

Stark, Angelika: Liebe über Leichen. st 1099
Strätz, Harald: Frosch im Hals. Erzählungen. st 938
Struck, Karin: Lieben. Roman. st 567
– Die Mutter. Roman. st 489
– Trennung. Erzählung. st 613
Wachenfeld, Volker: Camparirot. Eine sizilianische Geschichte. st 1608
– Keine Lust auf Pizza. Roeders Story. st 1347
Wigger, Daniel: Auch Spinnen vollführen Balzgesänge. st 1550
Winkler, Josef: Der Ackermann aus Kärnten. Roman. st 1043
– Menschenkind. Roman. st 1042
– Muttersprache. Roman. st 1044
Zschorsch, Gerald: Glaubt bloß nicht, daß ich traurig bin. Prosa, Lieder, Gedichte. Mit einem Text von Rudi Dutschke. st 1784

250/3/8.90

Deutschsprachige Literatur
in den suhrkamp taschenbüchern:
Lyrik

Artmann, H. C.: Gedichte über die Liebe und über die Lasterhaftigkeit. Ausgewählt von Elisabeth Borchers. st 1033
– How much, schatzi? st 136
The Best of H. C. Artmann. Herausgegeben von Klaus Reichert. st 275
Becker, Jürgen: Gedichte. 1965-1980. st 690
Brasch, Thomas: Der schöne 27. September. Gedichte. st 903
Braun, Volker: Gedichte. st 499
Brecht, Bertolt: Gedichte. Ausgewählt von Autoren. Mit einem Geleitwort von Ernst Bloch. st 251
– Gedichte für Städtebewohner. Herausgegeben und mit einem Nachwort versehen von Franco Buono. st 640
– Gedichte über die Liebe. Ausgewählt von Werner Hecht. st 1001
Celan, Paul: Gesammelte Werke. Band 1-3: Gedichte. st 1331
– Gesammelte Werke. Band 4-5: Übertragungen. st 1332
– Atemwende. st 850
– Das Frühwerk. Herausgegeben von Barbara Wiedemann. st 1984
Deutsche Lyrik. Eine Anthologie. Herausgegeben von Hanspeter Brode. st 1607
Enzensberger, Hans Magnus: Der Fliegende Robert. Gedichte, Szenen, Essays. st 1962
– Gedichte. 1950-1985. st 1360
Handke, Peter: Als das Wünschen noch geholfen hat. Fotos von Peter Handke. st 208
– Das Ende des Flanierens. st 679
Hesse, Hermann: Die Gedichte. 1892-1962. 2 Bde. Neu eingerichtet und um Gedichte aus dem Nachlaß erweitert von Volker Michels. st 381
Huchel, Peter: Gezählte Tage. Gedichte. st 1097
Kaschnitz, Marie Luise: Kein Zauberspruch. Gedichte. st 1310
Kolleritsch, Alfred: Gedichte. Ausgewählt und mit einem Vorwort versehen von Peter Handke. st 1590
Kraus, Karl: Gedichte. st 1319
Loerke, Oskar: Die Gedichte. Herausgegeben von Peter Suhrkamp. Neu durchgesehen von Reinhard Tgahrt. st 1049
Malkowski, Rainer: Gedichte. Eine Auswahl. st 1641
Mayröcker, Friederike: Ausgewählte Gedichte. 1944-1978. st 1302
Rothmann, Ralf: Kratzer und andere Gedichte. st 1824
Sachs, Nelly: Fahrt ins Staublose. Gedichte. st 1485
Das Buch der Nelly Sachs. Herausgegeben von Bengt Holmquist. st 398

255/1/4.92

Deutschsprachige Literatur in den suhrkamp taschenbüchern: Lyrik

Schneider, Reinhold: Gedichte. Auswahl und Nachwort von Christoph Perels. st 1418

Walser, Robert: Die Gedichte. st 1113

Zschorsch, Gerald: Glaubt bloß nicht, daß ich traurig bin. Prosa, Lieder, Gedichte. Mit einem Text von Rudi Dutschke. st 1784

255/2/4.92